REBIRTH ACE 리버스 에이스

REBIRTH ACE 리버스 에이스 6

한승현 장편 소설

초판 1쇄 찍은 날 | 2017년 1월 18일
초판 1쇄 펴낸 날 | 2017년 1월 25일

지은이 | 한승현
펴낸이 | 예경원

기획 | 위시북스
편집책임 | 박우진
편집 | 이즈플러스

펴낸곳 | 예원북스
등록번호 | 제396-2012-000132호
등록일자 | 2012. 7. 25
KFN | 제1-065호

주소 | 경기도 고양시 일산동구 호수로 646-24 위너스21 II 빌딩 206A호 (우)10401
전화 | 031-819-9431 팩스 | 031-817-9432
E-mail | yewonbooks@naver.com

ⓒ한승현, 2016

ISBN 979-11-6098-005-9 04810
        979-11-5845-486-9 (set)

REBIRTH ACE

리버스 에이스

WISHBOOKS MODERN FANTASY STORY

한승현 장편소설

6

2018

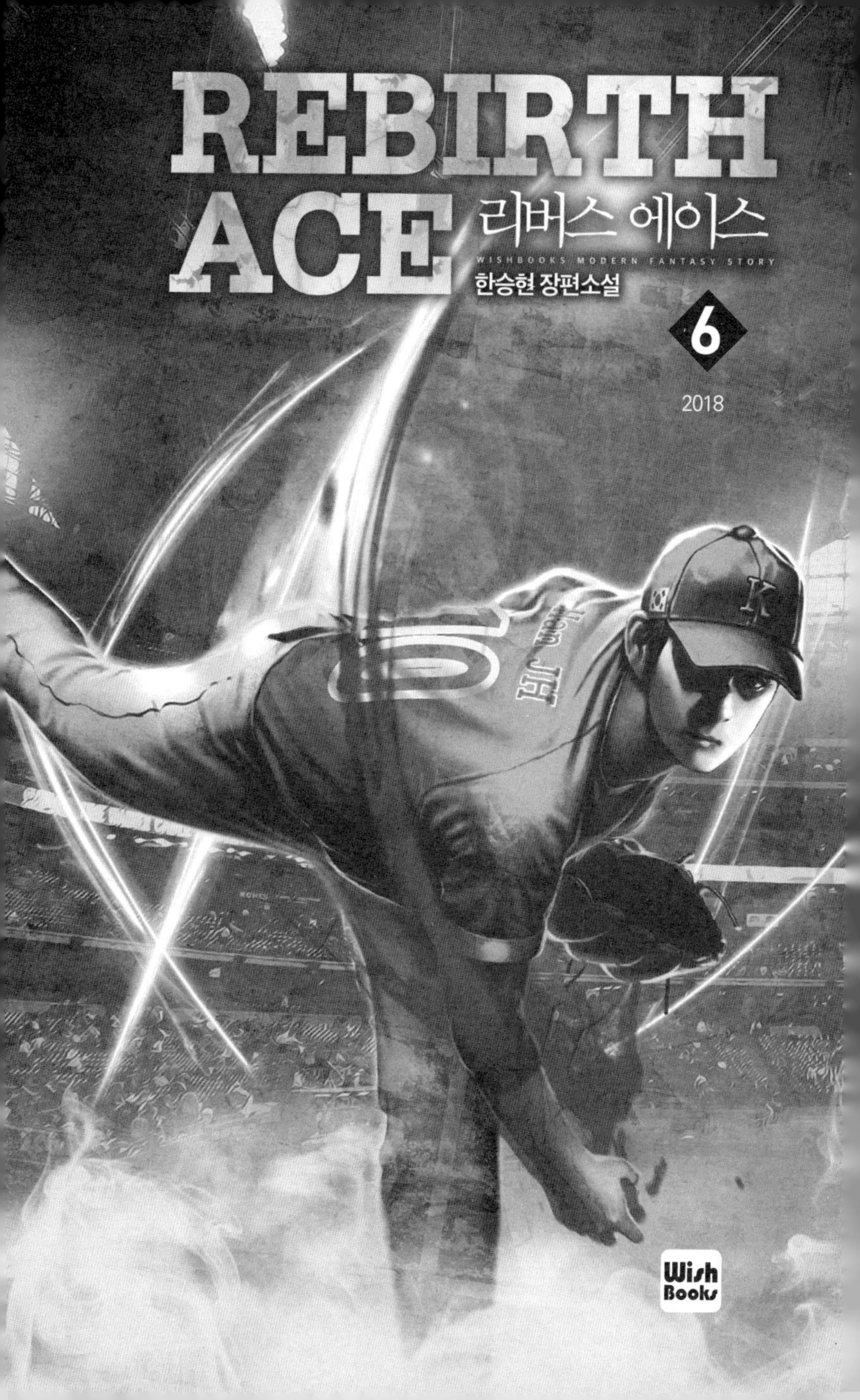

REBIRTH ACE 리버스 에이스

CONTENTS

31장
트레이드

1

경기가 끝나자 구단 측에서 곧바로 인터뷰를 준비했다.

"오늘의 승리투수이자 슈퍼 루키! 한정훈 선수를 만나 보 겠습니다."

아나운서 정이나가 나란히 선 한정훈에게 마이크를 건넸 다. 그러자 한정훈이 담담하게 입을 열었다.

"안녕하세요. 스톰즈 신인 투수 한정훈입니다."

한정훈의 말이 떨어지기가 무섭게 사방에서 커다란 함성 소리가 터져 나왔다.

한정훈의 데뷔전 완봉 가능성이 커지자 팬들이 경기 후반부에 몰려들면서 5천여 명이었던 관중의 숫자가 어느새 8천 명까지 불어나 있었다.

그 팬들이 한목소리로 한 사람의 이름을 연호하고 있었다.

"한정훈! 한정훈!"

한정훈은 순간 가슴이 먹먹해졌다. 과거 프로 시절에도 열 댓 번 경기 후 인터뷰를 하긴 했지만 이런 벅찬 기분은 처음 이었다.

"오늘 데뷔전 완봉승을 거두셨는데요. 소감이 어떤가요?"

정이나 아나운서가 다시 마이크를 내밀었다.

"개인적인 승리보다는 팀이 이겨서 기분이 좋습니다."

한정훈이 애써 감정을 억누르며 대답했다. 그러자 정이나 아나운서가 멋쩍은 표정을 지었다.

"그게 끝인가요?"

"네?"

"승리투수가 되셨잖아요. 그런데 소감이……."

"네, 팀이 이겨서 좋습니다."

"아…… 그렇군요."

신인 특유의 흥분된 반응을 기대했던 정이나 아나운서는 냉큼 질문지를 넘겼다.

재미난 대답을 끌어내기 어렵다면 최대한 많은 질문을 통해 분량이라도 채워야 할 것 같았다.

"오늘 상대한 로저스 선수, 어땠나요?"

"좋은 투수라고 생각합니다."

"팀이 연패에 빠져 있었는데 부담이 되지는 않으셨나요?"

"아직 시즌 초반이고 열심히 하다 보면 좋은 결과를 낼 수 있을 거라 믿고 던졌습니다."

"로이스터 감독님께서 혹시 특별히 주문하신 내용이 있나요?"

"두려워 말고 열심히 던지라고 하셨습니다."

"아, 노 피어인가요?"

"네."

"그, 그렇군요. 그럼 오늘 가장 고마운 선수가 누구인가요?"

정이나 아나운서의 질문지 밑에는 박기완이라는 이름이 쓰여 있었다.

오늘 결승 홈런을 친 포수 박기완이야말로 한정훈 다음으로 좋은 활약을 펼친 선수였기 때문이다.

그런데 정작 한정훈의 입에서는 다른 이름이 튀어나왔다.

"몸을 사리지 않고 좋은 수비를 해주신 박용근 선배님께 감사하다는 말씀드리고 싶습니다. 그리고 어려운 상황에서 최선을 다해준 문동우 선수도 고맙습니다."

그러자 잠자코 듣고만 있던 이용헌 해설위원이 인터뷰에 끼어들었다.

"안녕하세요. 한정훈 선수, 이용헌입니다."

"네, 안녕하세요."

"박용근 선수의 부상 투혼은 개인적으로 안타깝게 생각합니다. 그런데 정말 문동우 선수에게도 고맙나요?"

이용헌 해설위원은 한정훈이 누군가가 시켜서 문동우를 입에 올린 것이라고 여겼다. 하지만 한정훈은 빈말을 한 게 아니었다.

"문동우 선수는 박용근 선배님과 같은 방을 쓰는 룸메이트입니다. 박용근 선배님의 갑작스러운 부상으로 많이 놀라고 당황했을 텐데 마지막까지 유격수 자리를 지켜줘서 고맙습니다."

"그렇군요. 하지만 유격수 자리에서 오늘 실책이 많이 나왔는데요?"

"실책은 경기 중에 누구에게나 일어날 수 있다고 생각합니다."

"하하. 이거 제가 괜한 질문을 한 기분입니다."

이용헌 해설위원이 껄껄 웃어댔다.

그저 겉모습만 보고 어린애이겠거니 생각했는데 인터뷰 솜씨가 오늘 보여준 피칭만큼이나 노련했다.

"최정한 회장이 시구를 했는데요. 걸그룹이 아니라 개인적으로 좀 서운하지는 않았습니까?"

분위기를 살릴 겸 권성우 캐스터가 말을 받았다.

"개인적으로 꼭 한번 뵙고 싶었는데 이렇게 뵙게 되어 기분 좋았습니다."

한정훈은 역시나 정석적인 대답을 늘어놓았다. 하지만 권성우 캐스터는 정이나 아나운서와는 짬이 달랐다.

"그래도 다음번 등판 때는 걸그룹이 나왔으면 좋겠죠?"

"……네."

"하하. 알겠습니다. 그럼 마지막으로 팬 여러분들에게 한 말씀 해주세요."

질문을 받은 한정훈이 슬며시 눈을 들었다.

1루 측 더그아웃 위쪽으로 모여든 수많은 팬이 기대 어린 눈으로 자신을 바라보고 있었다.

"팀이 창단된 지 얼마 되지 않았고 제가 아직 많이 부족하기 때문에 아직은 우승이 목표라는 말씀을 드리기 어려울 것 같습니다. 하지만 여러 선배님과 동료들, 그리고 앞으로 들어올 후배들과 함께 최대한 빨리 스톰즈 파크에서 한국 시리즈가 열릴 수 있도록 노력하겠습니다."

한정훈의 목소리가 살짝 흔들렸다.

한국 시리즈와 우승.

이 두 단어는 한정훈의 과거에도 인연이 없었던 것이었다.

그래서 세계무대로 나아가기 전까지는 어떻게든 우승 반지를 손에 끼고 싶었다.

그것이 자신을 이토록 성원해 주는 팬들에게 할 수 있는 유일한 보답이라고 생각했다.

이번에도 뻔한 대답이 나올 줄 알았던 관중들이 목이 찢어

저리 함성을 내질렀나.

설마하니 한정훈이 우승을 언급하리라고는 생각지도 못한 모양이었다.

덩달아 언론이 바빠졌다.

다른 스톰즈 선수가 이처럼 말했다면 그저 팬서비스 차원의 멘트였다고 웃어 넘겼을지 몰랐다.

하지만 한정훈이 한 말이라면 이야기가 달랐다.

자신에게 집중된 여론의 관심을 모르지 않을 텐데도 우승을 입에 올렸다는 건 그만큼 자신 있다는 소리였다.

[슈퍼 루키의 무모한 우승 선언!]

[겁 없는 신인 한정훈! 우승 하겠다 공언해!]

[이제 겨우 1승 한정훈. 팀을 우승으로 이끌겠다고 밝혀!]

다음 날 각종 언론사 스포츠 면 1면은 한정훈의 기사로 도배가 되었다.

대부분이 자극적으로 한정훈의 인터뷰 내용을 다뤘다.

그렇게라도 해서 반짝 조회 수를 벌어보겠다는 속셈이었다.

그러나 최일식을 비롯해 친 스톰즈 성향의 기자들이 기사를 올리자 상황이 순식간에 역전됐다.

[한정훈, 데뷔전 완봉승! 이글스 송진운 이후 30년만의 대기록

작성!]

　[이글스전 15K 완봉 쾌투 한정훈, 류현신의 데뷔전 최다 탈삼진 기록 갱신!]

　[데뷔전 완봉승 한정훈! 개인보다 팀이 먼저! 다 함께 우승 일궈 내겠다고 밝혀!]

　[한정훈, 승리투수 인터뷰에서 부상당한 박용근에게 공을 돌려!]

　한정훈에 대한 악의적인 언론들이 판을 치다 보니 팬들은 알아서 제대로 된 기사를 찾아보기 시작했다.

　정한그룹의 힘을 무시하기 어려운 포털 사이트들도 제대로 된 기사들만 메인 화면으로 올렸다.

　다행히도 한정훈의 인터뷰 관련 내용들은 금세 제자리를 찾았다.

　하지만 한정훈이 언급한 우승이라는 불쏘시개는 수많은 야구 게시판을 활활 불태워 놓았다.

　ㄴ스톰즈 우승? 지나가던 개가 웃겠다.

　ㄴ한정훈이 어제처럼만 던져 준다면 포스트시즌은 가능한 거 아냐?

　ㄴ맞아. 한정훈이 언제 지구 우승한다고 했냐? 한국 시리즈 치르고 싶다잖아.

　ㄴ스톰즈 포스트시즌 올라가면 무시 못 할걸? 한정훈, 마

크 레이드즈, 네너 제이슨. 이 선발진을 어떻게 감당할래?

└병신아, 불펜이 노답이잖아. 선발가지고 야구 하냐?

└병신아, 선발이 8이닝 던지고 이승민 올리면 되잖아. 불펜이 꼭 던져야 하냐?

└왜? 아예 한정훈더러 전 경기 등판하라 그러지?

└개솔 말고 일단 순위부터 끌어올리자. 4월 안에 스톰즈 4위 하면 가능성은 인정.

└니가 뭔데 인정한다 만다야?

한정훈이 예상하는 우승 시점은 박현수의 계획과 비슷했다.

짧으면 내후년.

늦어도 그다음 해.

그러나 수많은 야구팬은 올해 스톰즈가 우승하느냐 마느냐로 싸워댔다.

한정훈이 이글스전에서 보여준 어마어마한 투구가 이어진다면, 포스트시즌 턱걸이를 통해 하극상 우승(업셋 우승)이 가능할지도 모른다는 묘한 기대감 때문이었다.

그런 팬들의 기대감을 확인한 박현수 단장은 곧장 수원 위즈 구단에 전화를 넣었다.

"김 단장님, 박현수입니다."

─어이구, 박 단장님께서 어쩐 일로?

"지난번에 이야기했던 거 다시 이야기했으면 해서요."

―응? 설마 한정훈이 넘기시려고요?

"에이, 농담이라도 그런 말씀 마십시오. 그리고 넘겨드린 다 쳐도 여론 감당하실 수 있겠습니까?"

―하하. 그냥 농담 삼아 해본 말입니다.

모든 구단에서 한정훈을 노릴 때 수원 위즈의 김정훈 단장도 전화를 걸어왔다.

여차하면 한정훈이 다른 구단에 넘어갈지도 모르는 분위기라 적당히 장단을 맞춘 것이다.

다만 김정훈 단장은 대놓고 한정훈을 원하진 않았다.

솔직히 수원 위즈 구단 역시 아직 신생팀 티를 벗지 못하고 있었다.

당연히 한정훈을 받고 넘겨줄 만한 스타플레이어도 없었다.

대신 김정훈 단장은 적당한 때가 되면 괜찮은 신인들끼리 트레이드를 하자고 제안했다.

창단 5년 차가 되면서 신구의 조화가 얼추 맞아가자 지나치게 많은 유망주를 정리할 필요가 있다고 판단한 것이다.

―유격수가 필요하신 거죠?

김정훈 단장이 먼저 말을 꺼냈다.

스톰즈의 주전 유격수로 낙점 받은 박용근이 후반기에나 복귀가 가능한 상황이다 보니 박현수 단장이 원하는 카드를 어렵지 않게 알 수 있었다.

그러자 박현수 단장이 한 술 더 떠서 말했다.

"키스톤 콤비 맞춰주십시오."

—키스톤 콤비를요? 설마 우리 팀 주전 선수들을 말씀하시는 건 아니죠?

"하하. 그럴 리가요. 그럼 저희도 출혈이 커질 텐데요."

—그럼 신인급이라는 말인데……. 그럼 공형빈 선수는 어떻습니까?

재작년 드래프트를 통해 공형빈은 수원 위즈에 하순위로 입단을 했다.

그리고 현재 퓨처스 리그에서 백업 유격수로 경기에 출전하고 있었다.

만약 다른 팀 단장이었다면 공형빈이 누구인지조차 몰랐을 것이다.

그러나 박현수 단장은 달랐다.

비공식적으로는 재작년부터 스톰즈 창단을 준비해 왔기 때문에 그 당시 활약했던 고등학교 선수들을 전부 꿰고 있었다.

그 당시 박현수 단장이 공형빈에게 준 점수는 70점이었다.

잘만 키운다면 프로에서도 제 몫을 할 것 같다고 판단한 것이다.

그러나 정작 공형빈은 포지션 교통정리가 되지 않은 퓨처스 리그에서 찬밥 신세였다.

더욱이 외야에 노장이 많은 위즈가 추가 용병으로 유격수를 영입하면서 유격수 포지션은 전쟁터나 다름없었다.

'뜸을 들일 줄 알았는데 곧바로 나오다니.'

박현수 단장은 씩 웃었다. 하지만 트레이드 판에서 그런 속내를 내색할 만큼 어리석진 않았다.

"공형빈 선수라…… 좋은 선수입니까?"

박현수 단장이 떨떠름한 목소리를 냈다. 기대했던 선수는 아니라는 걸 간접적으로 알린 것이다.

그러자 김정훈 단장이 냉큼 말을 받았다.

─괜찮은 선수입니다. 발도 빠르고. 우투좌타입니다. 타격 센스도 좋고요.

"그런데 1군에서는 안 보이던데요."

─아, 그게 지금 유격수 자리가 포화 상태라 퓨처스에 내려가 있습니다.

"그렇습니까? 잠시만요. 기록 좀……."

박현수 단장이 뜸을 들였다.

기록이야 진즉 눈앞에 찾아놨지만 그 사실을 모르는 김정훈 단장은 애가 탈 수밖에 없었다.

─아, 그리고 공형빈 선수. 한정훈 선수와 같은 학교 출신입니다.

"그래요?"

─네, 한정훈 선수도 신인이라 적응하기 쉽지 않을 텐데 기왕이면 같은 학교 출신 선배가 있는 게 낫지 않겠습니까?

박현수 단장은 대답 대신 소리 없이 웃어댔다.

당초 목표가 공형빈이었는데 잘만 하면 헐값에 데려올 수도 있을 것 같다는 생각이 든 것이다.

그러나 핸드폰을 타고 흐르는 박현수 단장의 목소리는 여전히 아쉬움으로 가득했다.

"흠, 일단 공형빈 선수는 긍정적으로 보류해 두고 넘기죠."

-하하, 알겠습니다.

"공형빈 선수 이외에 다른 선수는 없습니까?"

-2루수와 유격수가 가능한 선수가 한 명 더 있습니다.

"누굽니까?"

-네, 서건혁 선수라고 휘명고등학교 출신입니다.

"아…… 들어본 것 같습니다."

박현수 단장이 태연스럽게 대답하며 서류를 넘겼다.

공교롭게도 영입 1순위 공형빈에 이어 영입 3순위에 서건혁이 올라 있었다.

-서건혁 선수도 괜찮거든요. 2년 차인데 씩씩하고. 하지만 아시다시피 내야 선수가 많아서요.

현재 수원 위즈는 유격수뿐만 아니라 내야 전 포지션이 빡빡한 상태였다.

3루수는 4년째 용병 앤디 마르티가 책임지고 있고 2루수는 해결사 박경우의 몫이었다.

거기에 유격수까지 용병이 들어가면서 수많은 내야 자원이 잉여 자원으로 전락해 버렸다.

그렇다 보니 고교야구에서 실력을 인정받은 서건혁도 출전 기회조차 잡지 못하고 있었다.

"그런데 선수들이 너무 어린 것 같은데요."

박현수 단장이 아쉬움을 드러냈다. 신생팀인 스톰즈에도 유망주는 많았다.

유격수야 당장 볼 선수가 없다지만 2루수는 내부에서도 충분히 키울 수 있었다.

그러자 김정훈 단장이 웃으며 말했다.

─키스톤 콤비 찾으신다면서요.

"두 선수가 같이 뛰었습니까?"

─연습 때 단짝이었죠. 나이도 같고 서로 공통점이 많아서요. 아마 보시면 아시겠지만 호흡이 척척 맞을 겁니다.

김정훈 단장은 시너지 효과를 위해서라고 강조했다.

하지만 아무리 박현수 단장이 초보 단장이라고 해도 경쟁 구단의 말을 곧이곧대로 받아들일 리 없었다.

'서건혁. 서건혁이라. 여기 있군.'

선수 명단을 쭉 훑어보던 박현수 단장이 어렵지 않게 이유를 알아챘다.

서건혁.

작년에 항명으로 구단에서 징계를 받은 기록이 나와 있었다.

항명이라고 적히긴 했지만 그 내용이 심각한 건 아니었다.

훈련 중에 고의로 태클을 하는 선배에게 화를 냈다가 하극

상오로 찍힌 모양이었다.

보나마나 팀 내에서는 왕따나 다름없을 터.

그래서 김정훈 단장도 이번 기회에 공형빈과 함께 내보내고 싶은 모양이었다.

'뭐 실력은 나쁘지 않으니까.'

박현수 단장이 이내 고개를 끄덕거렸다. 스톰즈 입장에서도 나쁘지 않은 제안이었다.

나이가 어리긴 하지만 공형빈과 서건혁은 확실히 키워볼 만한 재목들이었다.

그렇다고 김정훈 단장의 제안을 넙죽 받아들이는 건 모양새가 좋지 않았다.

"그 외 다른 선수는 없습니까?"

박현수 단장이 일부러 어깃장을 놓았다. 그러자 김정훈 단장이 마지못해 몇몇 선수를 언급했다.

당연하게도 공형빈과 서건혁보다 나은 카드는 없었다.

"어쩔 수 없지요."

박현수 단장은 손해 보는 척 굴며 트레이드 카드를 맞췄다.

그리고 채 한 시간이 지나지 않아 3 대 4 트레이드가 이루어졌다.

[2018시즌 첫 트레이드! 스톰즈-위즈 3 대 4 트레이드 결정!]

[스톰즈! 베테랑 고영운, 이용욱 보내고 신인급 키스톤 콤비

영입!]

　　[위즈 김상사! 스톰즈에서 현역 생활 마무리!]

　　박현수 단장과 김정훈 단장은 서로 필요에 의한 트레이드였다는 사실을 명확하게 밝혔다.

　　그러면서 새로 수혈된 선수들의 활약과 떠난 선수들의 건승을 기원했다.

　　그러나 대다수의 전문가는 이용욱과 고영운이라는 주전급 카드를 내놓은 스톰즈가 손해를 본 트레이드라고 지적했다.

　　"이용욱 선수는 출전만 보장되면 30도루는 충분한 타자인데요."

　　"출루율도 좋죠. 타 구단의 리드오프와 비교하긴 어렵지만 있고 없고의 차이는 클 겁니다. 적어도 30득점 이상 빠질 텐데 그 공백을 어찌 채울지 걱정이네요."

　　"고영운 선수는 한때 2익수 소리를 듣던 선수 아닙니까?"

　　"아무리 유격수가 없다지만 멀쩡한 2루수 자원까지 내놓다니 이건 스톰즈가 올 시즌을 포기한 것이나 다름없습니다."

　　소수의 전문가는 조금 더 지켜볼 필요가 있다며 신중론을 펼쳤다.

　　트레이드 결과는 적어도 한 달 정도 지켜본 다음에 논해도 늦지 않다는 것이다.

　　하지만 여론과는 달리 양 팀 팬들의 반응은 나쁘지 않았다.

└그렇지 않이도 유망주가 니무 많있어. 진즉 정리했어야시.

└그래도 김상사 내준 건 좀 짜증임. 작년에 못했다고 퇴물 취급이라니.

└용병 늘어서 끼워 넣을 자리도 없었는데 뭐가 짜증이야?

└박경우나 유한진 빼고 솔직히 내줄 카드가 없잖아. 게다가 외야 백업도 필요했고.

└고영운이면 괜찮은 거 아니냐? 아직까지 수비는 쓸 만한데.

└김상사 나갔으니까 잔부상 많은 박경우나 이진혁 좀 쉬겠지.

└솔직히 우리가 좀 이득 본 거 같은데. 누군지 얼굴조차 모르는 신인들 내주고 아직 쓸 만한 베테랑 둘 받은 건 성공 아닌가?

└내 말이. 선수 육성도 좋지만 성적 좀 내자. 언제까지 꼴등할래?

└이번에 받은 신인은 몰라도 이용욱이나 고영운은 밥값은 할 듯.

위즈 팬들은 즉시 백업 전력의 영입을 반겼다.

작년보다 10경기나 늘어난 페넌트레이스를 버티기 위해서는 체력 비축이 필수인데 이용욱이나 고영운이 제 역할을 해주리라 판단한 것이다.

스톰즈 팬들은 젊어진 키스톤 콤비를 반겼다. 특히나 젊고 빠른 선수들이라는 점이 가산점을 받았다.

ㄴ공형빈과 서건혁, 이영기 작년 퓨쳐스 리그 성적임
공형빈 SS/2B 15경기 0.333/0.400/0.444 OPS 0.777
서건혁 2B/SS 10경기 0.250/0.300/0.333 OPS 0.533
이영기 OF 33경기 0.200/0.238/0.250 OPS 0.488
ㄴ성적만 놓고 보면 형편없긴 한데 우리 사정도 급하니까 어쩔 수 없지.
ㄴ셋 다 발 빠른 좌타자라서 좋네.
ㄴ어차피 신생팀인데 뭐 별거 있음? 잘 키워서 잘 쓰면 되는 거지.
ㄴ대타 자원 없었는데 김상헌 선수 영입한 것도 신의 한 수인 듯.
ㄴ난 공형빈한테 기대가 큼. 공형빈 동명고등학교 출신임.
ㄴ동명고 출신이면 뭐해? 한정훈은 그때 부상 치료 중이었는데.
ㄴ그래도 없는 것보다야 낫지, 멍청아. 선배니까 챙겨줄 거 아냐?
ㄴ누가 누굴 챙겨줘? 웃기는 소리 말고 후배 발목이나 잡지 말라 그래.
ㄴ문동우 유격수 짱박는 꼴 보고 싶지 않으면 입들 다물

어라.

└그래. 발암동우보다야 낫겠지.

└맞아 맞아.

공형빈에 대해서는 약간의 논란이 없지 않았다.

한정훈이 동명고등학교 출신이기 때문에 수많은 유망주 중에 같은 학교 출신인 공형빈을 데려왔다는 말들이 나돈 것이다.

그러나 공형빈은 실력으로 논란을 잠재웠다.

트레이드 직후 20경기에 선발 출전해 단 한 개의 실책도 없이 유격수 자리를 확실하게 지킨 것이다.

수비뿐만 아니다. 이적한 이용욱을 대신해 1번 타순에 기용됐지만 긴장하지 않고 맹타를 휘두르며 팀의 활력을 불러일으켰다.

서건혁과 이영기도 기대 이상의 활약을 펼치며 로이스터 감독과 박현수 단장을 기쁘게 만들었다.

최일식 기자와의 인터뷰에서 스톰즈를 위해 몸을 불사르겠다고 밝힌 서건혁은 고영운 못지않은 넓은 수비 범위를 자랑하며 신세대 2익수로 등장했다.

방망이는 시원찮지만 수비 능력만큼은 1군감이라 불리던 이용기도 여러 차례 호수비를 펼치며 팬들의 눈도장을 확실히 받았다.

덕분에 다소 불안했던 스톰즈의 센터 라인이 확실히 강해 졌다는 평가가 이어졌다.

덕분에 스톰즈는 4월의 27경기(3월의 1경기 포함)를 13승 14패 로 마무리 지을 수 있었다.

5할 승률에 조금 못 미치는 결과였지만 신생팀이 데뷔 시 즌 첫 달에 이룬 성과치고는 선전했다는 평가가 더 많았다.

아쉬운 건 순위였다.

4월 30일자 프로 야구 순위

〈동부 리그〉
인천 와이번즈 15승 12패
대전 이글스 14승 13패
광주 타이거즈 13승 14패
서울 트윈스 12승 15패
수원 위즈 11승 16패
전주 스타즈 9승 18패

〈서부 리그〉
창원 다이노스 18승 9패
서울 베어스 17승 10패
대구 라이온즈 15승 12패

부산 자이언츠 14승 13패

안양 스톰즈 13승 14패

고양 히어로즈 11승 16패

중간 순위는 5위.

동부 리그 팀들에 비해 서부 리그 팀들이 선전하면서 5할에 가까운 승률로도 꼴지를 겨우 면한 것이다.

전문가들은 스톰즈가 선전한 이유로 마크 레이토스−테너 제이슨−한정훈으로 이어지는 선발진을 꼽았다.

마크 레이토스는 5경기에 등판해 2승 1패, 평균 자책점 3.00을 기록했다.

첫 경기에서 무릎을 절며 부상이 재발했다는 루머가 나돌긴 했지만 이후 4경기에서 호투하며 우려를 불식시켰다.

테너 제이슨은 5경기에서 2승 2패를 기록했다. 평균 자책점은 3.09.

시범 경기 때부터 타이트해진 스트라이크존에 아직 완벽하게 적응하지 못하고 있지만 역시나 조금씩 나아지는 모습을 보여주고 있었다.

한정훈은 3선발 자리에서 실질적인 스톰즈의 에이스 역할을 수행했다.

4월 3일, 대전 이글스 홈경기에서 9이닝 3피안타 무실점 완봉 데뷔 승을 거둔 것을 시작으로 8일에 대구 라이온즈와의 원정 경기에서 8이닝 4피안타 1실점 승리투수 자격을 따냈다.

14일, 서울 베어스 원정 경기에서 7이닝 6피안타 2실점(노디시전)으로 살짝 부진(?)했으나 20일 스타즈와의 홈경기와 26일 위즈와의 홈경기에서 8이닝 무실점 호투를 이어가며 2승을 추가했다.

5경기 40이닝 동안 3실점, 평균 자책점 0.68, 탈삼진 59개.

아직 시즌 초반이지만 통합 다승 공동 1위, 평균 자책점 1위, 탈삼진 1위를 기록하면서 한정훈을 신인왕으로 꼽는 전문가들은 늘어만 갔다.

4월의 서군 MVP 수상 역시 유력해졌다.

창원 다이노스의 4번 타자 테일즈가 3할 4푼의 타율에 7개의 홈런, 20타점을 기록하며 맹추격 중이지만 올해 갓 데뷔한 신인이라는 점을 감안했을 때 한정훈의 MVP를 가로채긴 어려워 보였다.

2

4월 30일 월요일.

4월의 마지막 경기에서 선발 마크 레이토스는 서울 트윈스 타자들을 상대로 7이닝 무실점 역투를 펼쳤다.

대체로 외국인 투수들에게 약한 모습을 보여 왔던 서울 트윈스 타자들은 평소보다 구속이 3㎞/h 이상 빨라진 마크 레이토스의 공을 제대로 공략해 내지 못했다.

최종 결과는 4 대 0 스톰즈 승리.

시즌 첫 3연승에 성공했다.

또한 −1이던 승패 마진을 없애며 승률도 5할을 맞췄다.

그러나 아쉽게도 부산 자이언츠가 전주 스타즈를 상대로 승리를 거두면서 고대하던 5위 탈출은 다음 기회로 넘겨야 했다.

경기가 끝나고 얼마 지나지 않아 동부 리그와 서부 리그의 4월 MVP가 발표됐다.

서부 리그 MVP는 예상대로 한정훈의 몫이었다.

그리고 동부 리그의 MVP는 서울 트윈스의 용병 투수 데릭 쉴즈가 차지했다.

5경기에 등판해 4승, 평균 자책점 2.25 탈삼진 38개.

28경기가 치러진 현재 동부 리그 투수 타이틀은 데릭 쉴즈가 홀로 독식하고 있는 상황이었다.

한정훈처럼 압도적인 성적은 아니지만 특유의 견고한 피칭으로 경기당 평균 8이닝을 소화해 내며 흔들리는 트윈스 호를 홀로 지탱하고 있었다.

다른 시즌 같았다면 야구팬들의 주목을 한 몸에 받았을 만큼 데릭 쉴즈의 성적은 훌륭했다.

하지만 애석하게도 한정훈이라는 신성의 등장으로 인해 주목도가 크지 않았다.

오히려 신인에 상대 성적까지 우위에 있는 한정훈 쪽으로 모든 포커스가 맞춰져 버렸다.

└한정훈이 슈퍼 루키인 건 맞지만 이건 아니지.

└수상 사진 봤어? 트윈스 홈구장인데 한정훈 위주더라?

└솔까 한정훈은 스타즈하고 위즈 상대로 2승이잖아. 쉴즈의 4승이 더 대단한 거 아니냐?

└내 말이. 한정훈더러 트윈스 와서 던져 보라 그래. 아마 2승도 못 할걸?

트윈스 팬들은 분노했다.

일부 팬들은 이번 기회에 데릭 쉴즈의 등판일을 앞당겨서라도 진짜 최고 투수를 가려야 한다며 언성을 높였다.

팬들의 불만을 전해 들은 양상운 감독은 기자들을 통해 데릭 쉴즈의 등판일을 지켜주겠다는 뜻을 전했다.

확실한 1승 카드인 데릭 쉴즈를 군이 한정훈과 맞붙일 이유가 없다는 것이다.

하지만 믿었던 2선발 브라이언 로스가 테너 제이슨과의 맞대결에서 완패하면서 상황이 달라졌다.

4연승에 성공한 스톰즈는 15승 14패로 5할 승률을 처음으로 남어있나.

같은 날 부산 자이언츠가 전주 스타즈에 일격을 당하면서 시즌 순위도 공동 4위로 올라섰다.

반면 연패를 당한 서울 트윈스는 12승 17패로 5위로 추락한 데 이어 전주 스타즈(10승 19패)에 두 게임 차로 쫓기는 입장이 되어버렸다.

자연스럽게 서울 트윈스 내부에서 감독 교체설이 나돌았다.

거금을 들여 데릭 쉴즈라는 유능한 투수까지 데리고 왔는데 성적을 내지 못하고 있으니 비난의 화살이 양상운 감독에게 쏠린 것이다.

궁지에 몰린 양상운 감독은 데릭 쉴즈와 류인국의 등판 순서를 맞바꿔 버렸다.

"본래 데릭 쉴즈가 1선발이었잖아. 시범 경기 때 감기 몸살로 순번이 바뀐 걸 원래대로 되돌리려는 중이야."

양상운 감독은 기자들에게 그럴듯한 핑계를 댔다.

하지만 데릭 쉴즈가 양상운 감독을 구하기 위해 총대를 메게 됐다는 사실을 모르는 팬은 아무도 없었다.

다행히도 언론은 양상운 감독의 결정을 긍정적으로 바라봤다.

경우야 어쨌든 덕분에 빅 매치가 선사됐기 때문이다.

동부 리그 최고의 투수 데릭 쉴즈.

서부 리그 최고의 투수 한정훈.

둘의 대결에 여론과 야구팬들의 관심이 집중됐다.

ㄴ당연히 한정훈이지. 기록 봐라.

ㄴ맞아. 맞아. 평균 자책점부터 게임이 안 돼.

ㄴ한정훈은 스타즈하고 위즈 상대로 양학 한 거잖아!

ㄴ양학은 개뿔. 두 경기 빼도 평균 자책점 1점대 초반이
다. 알고 떠들어라.

ㄴ근데 양 팀 다 지독한 물빠따들인데 점수가 나긴 할까?

ㄴ나도 그 생각했음. 왠지 0 대 0으로 연장전 갈 듯.

ㄴ닥치고 오늘 한정훈 크보 탈삼진 신기록 갈아 치운다에
내 손모가지와 전 재산 100원을 건다.

ㄴ크보 탈삼진 신기록? 1회에 강판이나 되지 말라 그래.

대다수의 팬은 한정훈의 우세를 점쳤다.

지난 5경기에서 한정훈이 보여준 퍼포먼스는 역대급이라
해도 과언이 아닐 정도였다.

데릭 쉴즈도 좋은 모습을 보여주었지만 한정훈의 기록에
는 미치지 못한다는 의견이 주를 이루었다.

하지만 전문가들은 생각이 다른 모양이었다.

"한정훈 신수도 미독 살 던지고 있지만 상대적으로 데릭 쉴즈 선수가 우위에 있다고 생각합니다."

"이제 각 팀에서도 한정훈 선수에 대한 분석이 어느 정도 이루어졌을 테고요. 큰 경기가 주는 중압감 같은 게 있지 않겠습니까? 아무래도 신인인 한정훈 선수보다는 데릭 쉴즈 선수에게 한 표 주고 싶네요."

상당수의 전문가는 한정훈이 아니라 데릭 쉴즈의 손을 들어주었다.

이유는 가지각색이었다.

분석이 끝났다, 체력적으로 고전할 시기가 왔다, 중압감을 이기기 어려울 것이다, 팀 타선의 도움을 받지 못하고 있다.

주어만 바꾸면 데릭 쉴즈에게 적용될 수 있는 이야기를 전문적인 의견이랍시고 늘어놓았다.

그러나 전문가들의 말에 동의하는 야구팬은 드물었다.

오직 트윈스 팬들만이 한정훈 거품론을 들먹이며 즐거워했다.

그렇게 소란스러운 하루가 지나고 결전의 날이 찾아왔다.

3

─시청자 여러분, 안녕하십니까. 캐스터 권성우입니다. 제 옆에는 이용헌 해설위원께서 나와 계십니다.

—반갑습니다. 이용헌입니다.

—오늘 경기는 시작 전부터 열기가 뜨겁습니다.

—네, 4월 MVP를 받은 두 투수 간 맞대결인데요.

—두 선수가 각 리그 다승, 탈삼진, 평균 자책점 1위 선수들이에요.

—객관적인 성적 면에서는 한정훈 선수가 앞서고 있습니다 다만 현재 까지 양대 리그를 대표하는 투수들인 것만은 분명한 사실입니다.

—오늘 경기 전망, 어떻게 보십니까?

—글쎄요. 두 투수들의 실력이야 성적이 입증해 주고 있으니까요. 문제는 타선인데 두 팀 모두 방망이가 시원치 않거든요.

—말씀해 주신 것처럼 양 팀 팀 타율이 트윈스는 2할 5푼 4리로 동부 리그 4위, 스톰즈는 2할 4푼 8리로 서부 리그 6위인데요.

—결국 팽팽한 투수전이 될 가능성이 커 보입니다. 다만 타순이 한두 바퀴 돌았을 때 어느 팀 타자들이 먼저 적응을 하느냐에 따라 승패가 갈릴 것 같습니다.

이용헌 해설위원은 조심스럽게 6회를 승부처로 점쳤다.

한정훈과 데릭 쉴즈가 6회까지 세 명의 타자를 출루시켰을 때 1번 타자가 세 번째 타석에 들어서는 시점이었다.

그런 이용헌 해설위원의 예상은 정확했다.

따악!

6회 초, 선두 타자로 나온 공형빈이 3유간을 꿰뚫는 안타를 치고 첫 출루에 성공한 것이다.

"좋았어!"

"나이스 배팅!"

스톰즈의 더그아웃이 들썩거렸다.

무사에 발 빠른 주자가 1루에 나갔다.

이 기회를 잘 살린다면 역투 중인 한정훈의 어깨를 가볍게 만들어줄 수 있었다.

반면 위기를 직감한 트윈스 더그아웃은 부산해졌다.

"내야를 당길까요?"

박정호 수비 코치가 양상운 감독에게 다가와 물었다.

로이스터 감독이 강공을 선호한다지만 0 대 0의 균형을 깨기 위해서는 번트를 댈 확률이 높다고 판단한 것이다.

"저 팀 2번 번트 성공률이 어느 정도야?"

양상운 감독이 박정호 코치를 바라봤다.

"지금까지 9번 시도해서 전부 성공시킨 것으로 알고 있습니다."

박정호 코치가 경기 전에 대충 훑은 내용을 전했다.

"그럼 번트는 잘 댄다는 이야기인데……."

양상운 감독이 턱을 매만졌다.

연패 중이라 면도를 하지 못해서인지 턱 밑으로 거뭇하게 수염이 자라 있었다.

정석대로라면 번트를 대주는 게 좋았다.

하지만 그렇게 되면 1사 2루 상황에서 루데스 마르티네즈를 상대해야 한다.

오늘 데릭 쉴즈는 마르티네즈에게 약한 모습을 보이고 있었다.

5회까지 데릭 쉴즈가 내준 3안타 중 2개를 마르티네즈에게 얻어맞았다.

그것도 하나같이 장타였다. 데릭 쉴즈는 공이 몰렸을 뿐이라고 대수롭지 않게 말했지만 양상운 감독은 타이밍이 맞는다고 판단했다.

이번 타석에서도 마르티네즈가 데릭 쉴즈를 공략해 버리면 선취점을 빼앗길 가능성이 컸다.

자존심 강한 데릭 쉴즈가 1사 2루 상황에서 마르티네즈를 거를 것 같지도 않았다.

그렇다고 마르티네즈 앞에서 투수를 바꾸기도 애매했다.

데릭 쉴즈의 구위는 아직까지 괜찮았다. 투구 수도 이제 막 70개를 넘어선 수준이었다.

마르티네즈 이외에는 고전하는 타자도 없었다. 이번 고비만 넘긴다면 최소 8회까지는 끌고 갈 수 있었다.

"당겨요."

고심 끝에 양상운 감독이 압박 수비를 지시했다.

1루 주자는 물론 2번 타자 역시 신인급이다. 압박 수비 앞에서 태연하지는 못할 터.

잘만 하면 선행 주자를 잡아낼 수도 있었다.

트윈스 벤치에서 사인이 나오자 1루수와 3루수가 홈 플레이트 쪽으로 다가섰다.

2루수와 유격수도 내야 잔디 위로 들어왔다.

"상대가 압박 수비로 나오는데 어떻게 하시겠습니까?"

차영석 수석 코치가 로이스터 감독을 바라봤다.

이렇게 된 이상 차라리 강공으로 전환하는 게 낫다는 생각이 든 것이다.

그러나 로이스터 감독은 고개를 흔들었다.

번트 작전을 포기한다고 해서 에릭 나가 데릭 쉴즈의 공을 쳐 내리라는 보장이 없기 때문이다.

첫 타석에서 삼진.

두 번째 타석에서 투수 앞 땅볼.

특유의 선구 능력으로 2번에 중용되고 있지만 에릭 나는 오늘 테이블세터로서 아무런 역할도 하지 못했다.

그런 에릭 나에게 진루타를 지시한다면 최악의 결과가 나올 가능성도 배제하기 어려웠다.

그렇다고 무작정 번트를 강행하는 것도 쉽지 않았다.

트윈스의 내야 수비는 촘촘하기로 유명했다.

서로 사인이 맞지 않으면 2루에서 선행 주자가 횡사할 수도 있었다.

"흠……."

로이스터 감독의 고민이 깊어졌다.

그때 알버트가 로이스타 감독의 뒤쪽으로 다가왔다.

"감독님, 이건 어떨까요?"

알버트가 나지막한 목소리로 중얼거렸다. 순간, 로이스터 감독의 입가를 타고 웃음이 번졌다.

"좋아, 차라리 그게 낫겠어."

로이스터 감독은 직접 자리에서 일어나 사인을 냈다.

사인을 확인한 1루 주자 공형빈이 씩 웃으며 헬멧을 매만졌다.

그러고는 데릭 쉴즈를 자극하듯 리드 폭을 크게 벌렸다.

"어딜!"

데릭 쉴즈가 쏜살같이 견제구를 날렸다. 좌투수이다 보니 공형빈의 약은 짓이 한눈에 들어왔다.

아슬아슬하게 귀루에 성공한 공형빈은 두 손으로 유니폼의 흙먼지를 털어냈다.

"야, 적당히 리드 해. 쟤 견제 좋아."

1루수 장성훈이 데릭 쉴즈에게 공을 돌려주며 중얼거렸다.

신인이라 패기가 넘치는 건 알겠지만 정말로 뛸 게 아니라면 원활한 경기 진행을 위해서라도 리드 폭을 줄이는 편이 나았다.

"알겠습니다, 선배님."

공형빈이 장성훈에게 가볍게 고개를 숙였다. 그리고 리드
폭을 절반 정도로 줄였다.

그 모습을 확인한 데릭 쉴즈가 비로소 세트 포지션에 들어
갔다.

타석에 선 에릭 나가 냉큼 번트 자세를 취했다.

그런 에릭 나의 몸 쪽을 향해 데릭 쉴즈가 있는 힘껏 패스
트볼을 내던졌다.

그때였다.

타다다닥!

데릭 쉴즈의 시야에 머물던 공형빈이 갑작스럽게 사라져
버렸다.

'이런 젠장할!'

순간 평정심이 깨진 데릭 쉴즈의 공이 높게 솟구쳤다.

포수 정성오가 몸을 일으키며 포구했을 때는 이미 공형빈이
2루를 향해 몸을 헤드 퍼스트 슬라이딩을 시도하고 있었다.

'늦었다.'

정성오는 굳이 2루로 공을 던지지 않았다. 대신 홈 플레이
트 앞쪽으로 나아가 내야 수비를 재정비했다.

데릭 쉴즈에게도 침착하라는 사인을 보냈다. 하지만 데릭
쉴즈는 좀처럼 진정을 하지 못했다.

순식간에 무사 1루가 2루로 변해 버렸으니 머릿속이 복잡

해지는 게 당연했다.

포수석으로 돌아온 정성오가 슬쩍 더그아웃을 바라봤다.

데릭 쉴즈가 흔들리는 만큼 벤치에서 다독여 줄 필요가 있다고 여겼다.

하지만 트윈스 벤치는 대책 마련에 신경 쓰느라 정신이 없었다.

양상운 감독은 기록지에 얼굴을 처박은 채 생각에 잠겼다.

여기서 에릭 나가 번트를 성공시키면 1사 3루다.

마르티네즈를 거른다 하더라도 4번 타자 김주현을 상대해야 한다.

김주현이 병살타라도 때려준다면 한숨 돌리겠지만 진루타를 쳐 낸다면 실점은 불가피해진다.

그렇다고 김주현까지 거르고 6번 황철민과 승부를 보기도 어려웠다.

최근 타격 컨디션 저하로 6번 타순으로 내려가긴 했지만 황철민은 스톰즈 구단에서 키우고 있는 미래의 거포다.

괜히 뜬금포라도 하나 터졌다간 오늘 경기가 그대로 날아가고 말 것이다.

"일단은 계속 압박 수비 유지합시다."

양상운 감독이 다시 압박 수비를 지시했다.

그러자 트윈스 내야수들이 더욱 바짝 포위망을 좁혀 들었다.

스톰즈 디그아웃에서는 정석대로 번트를 지시했다.

공형빈의 주력이 좋은 만큼 어지간한 번트 타구만 나와도 3루까지 진루하는 건 어렵지 않다고 판단한 것이다.

사인을 확인한 공형빈이 슬금슬금 리드 폭을 벌렸다.

그러나 데릭 쉴즈는 더 이상 공형빈에게 휘둘릴 생각이 없었다.

'3루를 주고 아웃 카운트를 잡는다.'

데릭 쉴즈가 빠득 이를 갈았다.

더그아웃에서는 어떻게 생각하는지 몰라도 더 이상 상황을 어렵게 만들고 싶진 않았다.

포수 정성오의 사인을 확인한 뒤 데릭 쉴즈는 에릭 나의 몸 쪽을 향해 패스트볼을 던졌다.

후아앗!

빠르게 날아들던 공이 마지막 순간 살짝 가라앉았다.

싱킹 패스트볼.

포심 패스트볼을 기대했던 에릭 나의 표정이 굳어졌다. 그와 동시에 방망이 윗부분에 맞은 타구가 달려들던 3루수 앞쪽으로 굴러갔다.

"써드!"

장성오가 마스크를 벗어 던지며 소리쳤다. 이 타구에도 공형빈이 3루를 향해 내달리고 있었다.

타구를 잡은 3루수 루이스 하메네즈가 3루를 향해 몸을 돌렸다.

3루에는 어느새 백업을 들어온 유격수 오지완이 글러브를 벌린 채 서 있었다.

반면 공형빈은 아직 슬라이딩조차 하지 못하고 있었다.

타이밍상 아웃이었다. 스톰즈 더그아웃에서도 일찌감치 탄식이 흘러나왔다.

팡!

하메네즈가 침착하게 던진 공이 곧장 오지완의 글러브 속에 빨려 들어갔다.

오지완은 재빨리 허리를 낮춰 태그 플레이를 준비했다.

그런데 영악하게도 공형빈이 왼팔을 접은 채 오른팔만 뻗어서 허점을 파고들고 있었다.

"어딜!"

오지완이 냉큼 글러브 위치를 바꿔 태그를 시도했다.

그리고 잠시 후, 3루심이 요란스럽게 아웃을 외쳤다.

그때였다.

재빨리 몸을 일으킨 공형빈이 스톰즈 더그아웃을 향해 네모를 그려 보였다.

그러자 로이스터 감독이 즉시 더그아웃 밖으로 뛰쳐나왔다.

─로이스터 감독, 이번에는 냉큼 뛰어나오네요.

─지난번에 능장을 부리다 비디오 판독 요청이 거부된 적

이 있었기든요.

-그런데 타이밍상으로는 아웃처럼 보였는데요.

-저도 그렇게 보였습니다만 공형빈 선수가 확신을 가지고 요청을 하지 않았습니까? 자세한 건 선수들이 가장 잘 아니까요. 아무래도 리플레이 화면을 봐야 할 거 같습니다.

중계진이 잠시 시간을 끄는 사이 리플레이 화면이 나왔다.

1루 쪽에서 찍은 영상은 아웃처럼 보였다. 그런데 3루 쪽에서 찍은 영상이 나오자 상황이 달라졌다.

-하하, 이거 재미있네요.

-조금 전 영상으로는 분명 먼저 태그가 된 것처럼 보였는데 이번 영상을 보니까 제대로 태그가 안 된 것 같은데요?

-네, 이미 답이 나왔으니 굳이 자세한 설명을 드리지는 않겠습니다만 이건 공형빈 선수의 재치가 돋보이는 플레이었습니다.

-시청자 여러분들을 위해 조금 더 자세히 말씀해 주시죠.

-영상에도 나오지만 공형빈 선수가 헤드 퍼스트 슬라이딩을 하면서 마지막 순간 왼팔을 몸 쪽으로 잡아당겨 버렸죠?

-그렇네요. 그런데 왜 그런 걸까요?

-그대로 왼손을 밀어 넣으면 자연 태그가 될 것 같으니까 몸을 비틀어서 오른손을 바깥으로 뻗어 넣은 겁니다.

-아하, 그러니까 오지완 선수는 헤드 퍼스트 슬라이딩을 한 공형빈 선수의 길목을 지킨 거고, 공형빈 선수는 타이밍상 죽을 것 같으니까 오른팔을 이용해 3루 베이스 측면을 공략한 거군요?

-그렇죠. 오지완 선수가 뒤늦게 글러브를 움직였을 때는 공형빈 선수의 오른손이 베이스에 닿은 뒤니까요.

-말씀드리는 순간 심판 판정 나옵니다. 네, 세이프입니다. 공형빈 선수, 오늘 제대로 일을 냅니다!

세이프 판정이 나자 공형빈이 3루 더그아웃 쪽을 향해 주먹을 들어 올렸다.

그러자 스톰즈 선수들과 팬들이 동시에 함성을 내질렀다.

그렇게 경기의 분위기가 순식간에 스톰즈 쪽으로 넘어갔다.

"쉴즈, 괜찮으니까 긴장하지 말고. 마르티네즈는 거르자고. 알았지?"

양상운 감독이 직접 마운드에 올라 데릭 쉴즈를 다독거렸다. 무사 1, 3루 상황에서 굳이 마르티네즈와 승부할 필요는 없었다.

데릭 쉴즈는 불만이 가득한 얼굴이었지만 감독의 지시를 거부하지 못했다.

-포 볼. 고의사구가 나왔습니다.

−마르티네스 선수, 오늘 데릭 쉴스 선수를 상대로 2루타만 2개거든요. 트윈스 벤치 입장에서도 부담이 될 수밖에 없겠죠.

−아, 여기서 로이스터 감독 대타를 내보냅니다.

−하하. 만루의 사나이, 김상헌 선수네요. 이거 경기가 점점 더 재미있어지는데요?

무사 만루.

오늘 부진한 4번 타자 김주현을 대신해 김상헌이 타석에 들어섰다.

'불안한데.'

포수 정성오가 다시 한 번 더그아웃을 바라봤다.

고질적인 무릎 통증으로 인해 선발 경쟁에서 밀리긴 했지만 김상헌의 한 방 능력은 여전했다.

김주현과는 달리 찬스에도 강했다. 섣불리 승부를 걸었다가 최악의 상황이 나오게 될지도 몰랐다.

하지만 트윈스 더그아웃에서는 별다른 움직임이 보이지 않았다.

연패하는 동안 무리를 한 불펜 투수들보다 데릭 쉴스가 더 믿을 만하다고 판단한 모양이었다.

'그렇다면 신중하게 가자.'

잠시 생각을 정리하던 정성오가 바깥쪽으로 흘러나가는

슬라이더를 요구했다.

그러자 데릭 쉴즈는 고개를 저었다. 그러고는 역으로 오른쪽 팔뚝 위로 손가락 세 개를 펴 보였다.

'허……!'

순간 정성오가 미간을 굳혔다.

자신이 세 번째로 냈던 구종은 패스트볼이었다.

그런데 그 공을 던지겠다니. 김상헌을 너무 무시하는 것 같다는 생각이 들었다.

'초구부터 패스트볼은 안 돼. 맞는다고.'

정성오가 재차 사인을 냈다. 슬라이더가 싫다면 서클체인지업도 나쁘지 않았다.

그러나 데릭 쉴즈는 이번에도 고개를 흔들었다.

쓸데없이 투구 수를 늘리지 마. 힘으로 충분히 이길 수 있어.

데릭 쉴즈의 확고한 의지가 눈빛을 통해 전해졌다.

"하아……."

정성오는 무겁게 한숨을 내쉬었다. 국내 투수였다면 당장 마운드로 뛰어 올라가 어떻게든 설득을 시켰을 것이다.

하지만 팀의 에이스로 활약하고 있는 외국인 투수에게 무작정 자신의 사인을 강요하기란 쉽지 않은 일이었다.

'까짓것, 쉴즈의 공이라면.'

정성오가 마지못해 고개를 끄덕거렸다.

대신 코스를 어렵게 가져갔다. 설사 김상헌이 예상대로 패스트볼을 노리더라도 쉽게 공략해 내지 못하도록 말이다.

사인을 확인한 데릭 쉴즈도 고개를 끄덕거렸다.

그리고 스트라이크존 바깥쪽을 향해 있는 힘껏 공을 던졌다.

파아앙!

총알처럼 날아든 공이 순식간에 정성오의 미트 속으로 빨려 들어갔다.

구속은 156㎞/h.

오늘 던진 공들 중에서 가장 빨랐다.

"젠장할."

김상헌의 표정이 어두워졌다.

더그아웃에서 봤을 때보다 데릭 쉴즈의 공이 훨씬 좋았던 것이다.

그러자 로이스터 감독이 냉큼 사인을 냈다.

죽어도 좋으니 강공.

3루 코치를 통해 사인을 전달받은 김상헌이 피식 웃었다.

로이스터 감독이 노 피어라는 말을 입에 달고 산다는 이야기는 들었지만 이런 상황에서 저런 사인을 낼 줄은 예상하지 못했던 것이다.

그래도 마음은 한결 홀가분해졌다.

어떻게든 진루타나 희생플라이를 만들어야 한다고 생각했을 때는 데릭 쉴즈의 공을 칠 엄두가 나지 않았다.

코스와 구종에 따라 대처를 달리해야 하니 머릿속이 복잡해질 수밖에 없었다.

하지만 죽어도 상관없다면 데릭 쉴즈가 전력을 다해 던지는 패스트볼을 있는 힘껏 후려쳐 보고 싶어졌다.

"후우……."

마음을 다잡은 김상헌이 타석으로 들어섰다. 그리고 방망이를 힘껏 잡아 쥐었다.

김상헌을 힐끔 쳐다본 뒤 정성오는 유인구를 주문했다.

볼카운트는 투수에게 유리했다. 설사 볼이 된다 하더라도 승부에 크게 지장이 있진 않았다.

그러나 데릭 쉴즈는 완고했다.

유인구 사인을 전부 거부한 뒤 정성오가 마지못해 패스트볼 사인을 내자 그제야 고개를 끄덕거렸다.

후아앗!

데릭 쉴즈의 손끝을 떠난 공이 김상헌의 몸 쪽을 향해 쏜살같이 날아들었다.

김상헌이 있는 힘껏 방망이를 휘둘러 봤지만 공은 한발 먼저 미트 속에 빨려 들어갔다.

퍼엉!

"스트라이크!"

포구음과 심판의 판정이 거의 동시에 울렸다.

투 스트라이크.

투수에게 절대적으로 유리한 볼카운트가 만들어졌다.

"후우……."

데릭 쉴즈는 뜨거워진 숨을 길게 내뱉었다.

고개를 돌려 전광판을 보니 또다시 156㎞/h라는 구속이 찍혀 있었다.

'이로서 스톰즈의 루키와 동등해졌군.'

데릭 쉴즈가 피식 웃었다.

프로에 데뷔하기도 전에 162㎞/h를 기록한 한정훈과 구속 경쟁을 하고 싶진 않았지만 어쩌다 보니 한정훈이 오늘 던진 최고 구속과 어깨를 나란히 하게 됐다.

우습게도 기분은 좋았다.

무사 만루의 위기 상황을 벗어나기 위해 젖 먹던 힘까지 다해 던진 게 효과가 있는 것 같았다.

하지만 데릭 쉴즈는 애써 들뜬 감정을 털어냈다.

여전히 무사 만루다. 투 스트라이크를 잡았다고 해서 아웃 카운트가 올라가는 건 아니었다.

설사 김상헌을 삼진으로 잡는다 해도 다음 타자가 토니 윌커슨이다.

토니 윌커슨이 덩치에 걸맞게 큼지막한 타구를 만들어낸다면 팽팽하던 균형은 그대로 깨지고 말 것이다.

로진 백을 두드리며 데릭 쉴즈는 마음을 다잡았다. 김상헌도 바짝 약이 오른 얼굴로 타석에 들어섰다.

정성오는 3구째에도 유인구를 요구했다.

제아무리 강속구에 자신이 있다 하더라도 연달아 패스트볼만 던지는 건 무모한 짓이었다.

하지만 이번에도 데릭 쉴즈는 뜻을 굽히지 않았다.

잠깐 사이에 최고 구속을 2㎞/h나 끌어올렸다.

미국에서도 몇 차례 던져 본 적이 없는 155㎞/h대 패스트볼이라면 김상헌이 아니라 마르티네즈라 하더라도 충분히 제압할 자신이 있었다.

"나도 모르겠다."

데릭 쉴즈의 고집에 질린 정성오가 한가운데로 미트를 들어 올렸다.

마음대로 던져라.

굳이 어려운 코스를 요구해 부담을 주느니 차라리 전력을 다해 패스트볼을 던지게 하는 편이 낫다고 판단했다.

데릭 쉴즈는 웃으며 고개를 끄덕거렸다.

이렇게 된 이상 삼진은 물론 진평원의 최고 구속까지 깔아 치워 버리고 싶은 욕심이 들었다.

그리고 그 욕심이 화를 불렀다.

후아앗!

쏜살같이 날아간 공이 스트라이크존 한가운데로 몰렸다.

어깨에 힘이 들어가면서 밸런스가 살짝 흔들린 것이다.

09년도 타이거즈를 우승으로 이끌며 MVP를 차지했던 김상헌이 그 실투를 놓칠 리 없었다.

따악!

요란한 타격음과 함께 타구가 데릭 쉴즈의 머리 위로 사라져 버렸다.

데릭 쉴즈는 반사적으로 욕지거리를 내뱉었다.

느낌상 외야수에게 잡힌다 해도 3루 주자의 태그 업 플레이를 막기란 어려워 보였다.

그런데 타구를 살피던 스톰즈의 3루 코치가 갑자기 팔을 휘돌리기 시작했다.

'설마……!'

다급히 고개를 돌린 데릭 쉴즈의 눈이 크게 치떠졌다.

라이너성으로 뻗어 나간 타구가 전진 수비를 하던 중견수 김훈의 머리를 넘겨 버린 것이다.

게다가 설상가상, 백업 플레이마저 늦어졌다.

그러는 동안 3루 주자 공형빈에 이어 2루 주자 에릭 나와

1루 주자 마르티네즈까지 홈을 밟았다.

장타를 때려낸 김상헌은 2루에 들어간 뒤에 보란 듯이 함성을 내질렀다.

3 대 0.

팽팽했던 투수전의 긴장감이 그렇게 허무하게 무너져 내렸다.

4

—양상운 감독. 결국 마운드에 오르네요.

—데릭 쉴즈 선수. 여기까지인가 봅니다.

—5회까진 참 잘 던졌는데 선두 타자인 공형빈 선수에게 안타를 맞은 게 컸어요.

데릭 쉴즈는 6회를 채우지 못하고 마운드를 내려왔다.

5번 타자 토니 윌커슨을 삼진으로 돌려세웠지만 6번 타자 황철민에게 또다시 장타를 허용한 게 뼈아팠다.

3 대 0도 부담스러운데 4 대 0이 되자 양상운 감독은 직접 마운드에 올라 데릭 쉴즈의 손에서 공을 빼앗았다.

그리고 다급히 불펜을 가동했다.

몸이 덜 풀렸던지 바뀐 투수 유원승은 7번 타자 박기완을 스트레이트 블넷으로 1루에 내보냈다.

하지만 이영기와 서건혁을 연달아 내야 플라이로 처리하며 1사 1, 2루의 위기를 넘겼다.

그렇게 길고 길었던 6회 초 스톰즈의 공격이 끝이 났다.

이어진 6회 말, 한정훈이 넉 점의 여유를 가지고 마운드에 올랐다.

—맞대결을 펼치던 데릭 쉴즈 선수가 생각보다 일찍 강판을 당한 게 한정훈 선수의 경기력에 영향을 끼치지 않을까요?

—물론 그럴 수도 있죠. 실제로 긴장이 과하게 풀려서 난타를 당하는 경우도 많으니까요. 하지만 오늘 한정훈 선수에게는 해당 사항이 없을 것 같습니다.

—한정훈 선수의 경기력을 높이 평가하신다는 말씀이시로군요.

—그런 점도 없지 않지만 오늘 왠지 한정훈 선수가 엄청난 기록을 세울 것 같은 기분이 드네요.

'기록이라고?'

권성우 캐스터가 냉큼 기록지를 살폈다.

5회까지 한정훈의 투구 수는 57개였다. 피안타 2개를 맞는 동안 탈삼진 7개를 잡아냈다.

퍼펙트게임은 물론 노히트 노런도 깨진 상태였다.

이 상황에서 기대할 수 있는 기록이라면 완봉밖에 없었다.

하지만 이용헌 해설위원이 고작 완봉을 두고 엄청난 기록이라고 말했을 리 없었다.

'무슨 기록이 더 있다는 거지?'

권성우 캐스터의 시선이 이용헌 해설위원에게 향했다.

그러나 이용헌 해설위원은 빙긋 웃기만 할 뿐 속 시원하게 대답해 주지 않았다.

솔직히 말해 반쯤은 해설위원으로서의 감이었다.

그렇다고 터무니없는 기대를 하는 건 아니었지만 아직 설레발을 떨기에는 이른 시점이었다.

그러자 실시간 방송 채팅방이 소란스러워졌다.

└이용헌이 말한 대기록이 뭔지 아는 사람?
└대기록은 개뿔. 이용헌이 한정훈 빼는 게 하루 이틀이냐?
└이용헌이 적어도 헛소리하는 스타일은 아니지.
└이용헌 혹시 한정훈 기록 착각하고 있는 거 아냐?

야구팬들조차 이용헌이 말한 엄청난 기록이 무엇인지 감을 잡지 못했다.

일부 짓궂은 팬들이 네 타자 연속 홈런을 얻어맞을 것이라는 둥 헛소리를 늘어놓았지만 무실점 호투를 펼치는 한정훈에게 어울릴 만한 기록은 아니었다.

그때였다.

ㄴ오늘 한정훈, 삼진 관련 기록 세운다.

야구도사라는 아이디를 쓰는 팬이 주목을 끄는 말을 올렸다.

퍼펙트게임도 노히트 노런도 아니면 결국 삼진밖에 남지 않는다는 것이다.

KBO 한 경기 최다 탈삼진은 메이저리거 류현신이 가지고 있었다.

9이닝 동안 17개.

공교롭게도 상대팀은 트윈스였다.

최다 연속 타자 탈삼진 기록은 타이거즈의 에이스 오브 에이스로 불렸던 이대신 선수의 몫이었다.

20여 년 전 유니콘스를 상대로 10타자를 연속 탈삼진으로 돌려세운 게 최고 기록이었다.

ㄴ뜬금없이 뭔 개솔이냐.

ㄴ한 경기 최다 탈삼진? 류현신이 17개인가 했는데 한정훈이 앞으로 10개 이상 잡는다고? 12타자 남았는데?

ㄴ연속 타자 탈삼진도 무리이지 않나?

ㄴ못할 건 없지만 오늘 한정훈 삼진 페이스가 썩 좋지는 않는데?

└그거야 데릭 쉴즈 생각해서 완투하려고 조절한 거 아님?

└개솔이라니. 짬도 안 되는 게 깝치지 마라.

└계속 혼자 짖어댈 거면 그럴듯한 근거나 내와 보시던가.

└맞아 키보드로 주둥이 터는 건 누가 못하냐?

└이 몸을 납득시켜 봐라.

└나도.

일부 팬들은 삼진 기록을 세울 것이라는 근거를 요구했다.

이성은 불가능하다고 판단하면서도 마음 한편으로는 기록 갱신을 은근히 기대하는 눈치였다.

그러자 잠자코 있던 야구도사가 다시 글을 올렸다.

└이 야알못들을 위해 친절하게 알려주마. 일단 한정훈은 3점 차 이상 점수가 나는 경기에서 투구 스타일을 공격적으로 바꾼다. 한정훈 경기 몇 번 본 사람들은 알겠지만 스타즈전 때도 그랬고 위즈전 때도 그랬다. 그리고 트윈스 타자들은 4점 만회하려고 공격적으로 덤벼들 수밖에 없다. 오늘 경기 지면 양 감독 잘릴지도 모르는데 한가하게 좋은 공이나 들어오길 기다리고 있겠냐? 그런데 한정훈은 경기 후반에 강하니까. 6회 이후로 피안타율 염전인거 알지? 이러면 아마 볼 만해질 거다. 참고로 스타즈 타자들이 지난 경기 때 그러다가 6회 이후로 삼진 9개 먹었다.

아구도사의 설명은 완벽히게 납득이 되는 수준은 이니었다. 그러나 아예 근거 없는 헛소리도 아니었다.

└하긴. 한정훈 원래 후반에 겁나 잘 던지잖아.

└맞아. 불펜이 허접해서 어지간하면 이승민한테 넘기려고 하지.

└불펜도 문제지만 정확하게 말하자면 장기 레이스 대비해서 초반에는 페이스 조절하다가 후반에 몰아 던지는 스타일 아냐?

└어쨌든 후반에 강한 건 사실.

└와, 대박. 방금 기록 찾아봤는데 스타즈전 때 진짜 6, 7, 8, 9 4이닝 동안 삼진 9개 잡음.

└트윈스는 투수 셋 뽑는다고 용병 타자 한 명밖에 없는데 진짜 털리는 거 아니냐?

└오늘 나온 안타 두 개도 전부 바가지 안타잖아. 진짜 트윈스, 영혼까지 털릴지도.

└보자 보자 하니까 이 새끼들이. 채팅창이 한정훈 팬뿐이냐? 트윈스 팬들도 있는데 말 좀 가려 하지?

└일단 닥치고 이번 이닝만 지켜보자. 그럼 답이 나오겠지.

모두의 관심 속에 한정훈이 키킹을 시작했다.

타석에 들어선 타자는 9번 손주은.

전 타석에서 초구를 건드려 2루수 앞 땅볼을 때려냈다.

'어떻게든 살아 나간다!'

손주은은 방망이를 짧게 움켜쥐었다.

솔직히 말해 큰 거 한 방 때릴 자신은 없지만 어떻게든 맞춰서 살아나갈 생각이었다.

하지만 6회 이후 투구 스타일이 확 달라진다는 야구도사의 말은 허언이 아니었다.

퍼어엉!

한정훈의 손끝을 빠져나간 공이 휘어지듯 바깥쪽 코스를 파고들었다.

"스트~ 라이크!"

심판이 지체 없이 스트라이크를 선언했다.

손주은이 좀 빠지지 않았냐며 항변했지만 심판은 단호하게 고개를 저었다.

"시팔. 뭐냐?"

손주은이 박기완을 바라봤다.

"커터요."

박기완이 무덤덤한 목소리로 대답했다.

"빌어먹을."

손주은은 입술을 질근 깨물었다.

빠른 건 둘째 치고 바깥쪽에 아슬아슬하게 걸쳐 나가는 커터를 쳐서 필드 안으로 불러들일 자신이 없었다.

'칠 민한 거 하나만 줘라, 이 사식아!'

손주은이 한정훈을 매서운 눈으로 노려봤다.

선배 공경이라고는 모르는 한정훈이 자신의 애타는 마음을 알아주길 바랐다.

하지만 한정훈의 2구는 또다시 바깥쪽에 꽉 차게 들어왔다.

"스트라이크!"

심판의 매정한 목소리가 손주은을 짜증스럽게 만들었다.

이번 공도 분명히 빠진 느낌인데 스트라이크라니.

이래서는 바깥쪽 코스를 버린 의미가 없었다.

'그래, 누가 이기나 해보자!'

거친 스윙에 대비해 헬멧을 단단히 고쳐 쓴 뒤 손주은이 방망이를 길게 늘어뜨렸다.

그리고 이번에는 당하지 않겠다는 듯 커터가 지나갔던 자리에 방망이를 두 차례 가져다 댔다.

물론 손주은이 원하는 공은 바깥쪽 커터가 아니었다.

몸 쪽. 가능하다면 체인지업이나 포심 패스트볼.

그 공을 던지게 유도하기 위해서 일부러 그럴듯한 준비 동작을 취한 것이다.

'커터를 노리나?'

박기완은 손주은의 동작이 신경 쓰였다.

얻어맞을 것 같다는 느낌보다는 손주은이 노련하게 커트

해 낼지 모른다는 생각이 든 것이다.

그러나 한정훈의 판단은 달랐다.

"형, 그런 거에 일일이 속아주면 한도 끝도 없다고요."

손주은이 원하는 몸 쪽 체인지업 사인을 낸 박기완을 바라보며 한정훈이 가볍게 고개를 저었다.

내심 찝찝했던 박기완도 고집 부리지 않고 승부구를 주문했다.

바깥쪽 커터.

한정훈은 지체 없이 공을 내던졌다.

그리고 그 공은 손주은이 손써 볼 새도 없이 박기완의 미트 속에 파묻혔다.

"스트라이크, 아웃!"

"젠장할!"

손주은이 해도 너무하다는 눈으로 한정훈을 노려봤다.

그러나 야속하게도 한정훈은 로진 백을 털며 다음 타자를 준비했다.

"지완아, 하나 쳐라."

"형, 저만 믿으세요."

손주은에 이어 타석에 들어선 1번 타자 오지완이 타석 앞쪽에 붙어 섰다.

한정훈이 커터를 던진다면 제대로 꺾이기 전에 때려낼 생각이었다.

하지만 한정훈은 변화구에 약한 오지완을 상대로 철저하게 체인지업 승부를 가져갔다.

초구는 몸 쪽으로 떨어지는 변형 체인지업.

2구는 바깥쪽 꽉 찬 체인지업.

3구는 2구보다 공 한 개쯤 빠진 체인지업.

"스트라이크, 아웃!"

기다리던 커터는 구경조차 하지 못한 채 오지완도 헛스윙만 연발하다 타석에서 물러났다.

2번 타자 김훈의 사정도 별반 다르지 않았다.

앞선 수비 때 대량 실점의 빌미를 제공했다는 자책감 때문인지 김훈은 치고자 하는 의욕이 과했다.

한정훈이 유인구로 던진 초구와 2구, 3구를 전부 건드린 뒤 4구째 바깥쪽 꽉 찬 스트라이크를 쳐다만 보다 물러나고 말았다.

-한정훈 선수, 대단합니다. 이로써 세 경기 연속 두 자릿수 탈삼진을 이어갑니다.

-역시 한정훈이죠. 6회 초에 대량 득점을 한 만큼 그 분위기를 이어가기 위해서 빠른 템포로 승부했던 게 주효했던 거 같습니다.

-그리고 보니까 지금 5타자 연속 탈삼진인데요.

-다음 이닝을 지켜봐야겠지만 6회처럼만 던진다면 한정

훈 선수의 공을 공략하는 게 쉽지 않을 것 같습니다.

　한정훈의 탈삼진이 10개로 늘어났지만 이용헌 해설위원은
계속해서 말을 아꼈다.
　본래 대기록은 입방정을 떨면 날아가는 법이었다.
　다른 투수도 아니고 한정훈의 경기에서 그런 볼썽사나운
모습을 보이고 싶진 않았다.
　'문제는 7회야. 7회만 잘 넘긴다면…… 충분히 가능해.'
　이용헌 해설위원은 두근거리는 마음으로 한정훈의 다음
이닝을 기다렸다.
　그런 이용헌 해설위원의 바람이 통했는지 7회 초 스톰즈
의 공격은 삼자범퇴로 끝이 났다.
　그리고 대기록의 승부처인 7회 말. 타석에 베테랑 박영택
이 들어섰다.

　-타석에 3번 타자 박영택 선수, 들어섭니다.
　-어쩌면 이번 7회가 트윈스의 마지막 기회가 될지도 모르
겠네요. 박영택 선수가 한정훈 선수를 상대로 가장 좋은 타
격감을 보여주고 있으니까요.
　-네, 1회에 안타를 쳤고 3회에도 1루수 호수비에 걸리긴
했지만 안타성 타구를 날렸죠.
　-만약 박영택 선수가 선두 타자로 출루만 해준다면 경기

는 또 어떻게 될지 모르거든요.

―특히나 스톰즈는 불펜이 불안하니까요.

"후우⋯⋯."

한정훈에게 강하다는 해설진의 평가에도 박영택의 얼굴은 긴장감으로 가득했다.

베테랑으로서 팀을 위해 어떻게든 출루해야 한다는 부담감이 온몸을 강하게 짓누른 것이다.

그런 박영택을 상대로 한정훈은 초구에 체인지업을 던졌다.

"스트라이크!"

심판의 콜과 동시에 박영택이 한정훈을 노려봤다.

첫 타석 때도 두 번째 타석 때도 체인지업을 때려서 정타를 만들었는데 초구부터 체인지업이라니.

새파랗게 어린 신인에게 완전히 농락당한 기분이었다.

그러나 한정훈은 베테랑에게 나름의 예우(?)를 해준 것이다.

"방금 체인지업은 마음에 안 드셨나 봐요. 그런데 어쩌죠? 이번 타석에서 체인지업은 그게 끝인데."

짓궂은 혼잣말을 중얼거린 뒤 한정훈은 2구째 투심 패스트볼을 몸 쪽에 바짝 붙였다.

박영택이 재빨리 방망이를 휘둘러 봤지만 소용없었다.

퍼엉!

공은 방망이가 허리를 빠져나오기도 전에 포수의 미트 속을 파고들었다.

"빌어먹을."

박영택의 입에서 절로 욕지거리가 튀어 나왔다.

마음을 단단히 먹고 나왔는데 순식간에 투 스트라이크로 몰려 버렸으니 스스로에게 화가 치밀어 견딜 수 없었다.

하지만 그런 마음으로는 바깥쪽에 꽉 차게 들어오는 한정훈의 포심 패스트볼을 공략하기가 불가능했다.

"스트라이크, 아웃!"

심판이 요란스럽게 주먹을 들어 올렸다.

─삼진! 또 삼진입니다!

─여섯 타자 연속 삼진이죠?

─오늘은 삼진이 좀 적다 싶었는데 벌써 11개입니다.

─이쯤 되면 올해 탈삼진 부분 1위는 한정훈 선수가 유력해 보입니다.

해설진들도 덩달아 흥분했다.

탈삼진 기록의 가장 큰 고비라 여겼던 박영택을 삼진으로 돌려세웠으니 기대감이 커진 것이다.

한정훈은 여세를 몰아 장성훈과 하미네즈마저 삼진으로

돌려 세웠다.

초구에 대형 파울 홈런을 만들어냈던 장성훈은 4구째 높은 패스트볼에 속아 파울팁 삼진으로 물러났다.

하미네즈는 제법 끈질기게 승부를 끌고 갔지만 2-2상황에서 6구째 변종 체인지업에 헛스윙을 하고 말았다.

"후우……."

뜨겁게 달아오른 심장을 달래며 한정훈이 천천히 마운드에서 내려왔다.

그의 머리 뒤로 우뚝 솟은 전광판 탈삼진 란에는 13이라는 숫자가 선명하게 새겨졌다.

1

7회 말 트윈스의 공격이 끝나기가 무섭게 각종 야구 관련 커뮤니티에 불이 났다.

[new!]대박! 한정훈 7회까지 13탈삼진!
[new!]한정훈 6회, 7회 삼진 6개 추가!
[new!]이용헌! 오늘 한정훈 엄청난 기록 세울 거라 공언!

5회까지만 해도 7개이던 한정훈의 탈삼진 숫자가 순식간에 2배 가까이 늘면서 류현신의 한 경기 최다 탈삼진 기록(정규 이닝 기준)에 4개 차이로 나서선 상황이었나.

앞으로 남은 이닝은 2회.

한정훈이 6개의 아웃 카운트 중 4개를 삼진으로 잡아내면 류현신과 타이기록이 된다.

그리고 삼진 하나를 더 추가한다면 류현신이 2010년에 세웠던 기록을 갈아치우게 되는 것이다.

그러나 한 경기 최다 탈삼진보다 야구팬들의 관심을 잡아끄는 건 최다 연속 타자 탈삼진 기록이다.

[new!]한정훈 현재 8타자 연속 탈삼진 기록 중!
[new!]한정훈 연속 타자 탈삼진 세계 신기록 도전 중!

컨디션이 좋은 날에는 10개 이상의 탈삼진을 우습게 기록하는 한정훈에게 한 경기 최다 탈삼진 기록은 언제든 도전이 가능한 종목이었다.

하지만 연속 타자 탈삼진 기록은 달랐다.

이번 기회를 놓치면 또 언제 다시 도전할 수 있을지 기약하기가 어려웠다.

ㄴ8회 트윈스 이병수, 문천재, 정성오 순서냐?

ㄴ맞아. 참고로 셋 다 한정훈한테 삼진 하나씩 먹었다.

ㄴ이병수, 문천재 요즘 슬럼프 아냐? 일단 둘은 잡고 가겠

는데?

└정성오도 타격 컨디션 별로니까 어쩌면 신기록 작성 가능할지도.

└님들 세계 기록은 어떻게 되나요?

└뭔 벌써부터 세계 기록 타령이야 크보 기록이나 깨고 말해.

└위에 붕신아. 이대신 기록이 세계 기록이거든?

└메이저 기록은 토미 시버. 10타자 연속 삼진임. 이대신하고 같음.

└앞으로 한 타자만 더 잡아내도 선동연하고 동급 된다. 선동연이 9타자 연속 탈삼진만 2번 했다.

└한정훈 9타자 연속 탈삼진만 성공해도 올해 신인상 0순위다.

야구팬들의 폭발적인 관심 속에 8회 말 트윈스의 공격이 시작됐다.

선두 타자는 6번 타자 이병수.

4월 중순까지만 해도 4번 타자로 활약했지만 발목 부상에 의한 컨디션 저하로 6번 타순까지 내려온 상태였다.

그렇다 보니 이병수는 한정훈의 공에 좀처럼 적응을 하지 못했다.

패스트볼은 물론 체인지업과 너클 커브에 이르기까지.

모든 공에 타이밍이 늦었다.

결과는 4구 삼진.

투 스트라이크로 몰린 상황에서 3구째 들어온 너클 커브를 가까스로 걷어내어 승부를 이어갔지만 4구째 바깥쪽으로 흘러 나가는 투심 패스트볼에 헛스윙을 하고 만 것이다.

자연스럽게 한정훈의 연속 탈삼진 숫자가 아홉으로 늘었다.

트윈스의 선발 타자 전원을 연속해서 삼진으로 솎아낸 것이다.

"크아악! 병수야아아아!"

"젠장. 망했네, 망했어."

믿었던 이병수마저 삼진으로 물러나자 서울 구장은 초상집으로 변했다.

스톰즈 팬들도 응원을 자중했다. 괜히 호들갑 떨다가 신기록 행진이 끊길까 봐 두 손을 모은 채 숨을 죽였다.

덩달아 해설진마저 조용해졌다.

이용헌 해설위원은 8회 말 시작부터 아예 입을 다물었다. 수다스러운 권성우 캐스터도 마찬가지.

최소한의 정보 전달만을 이어가며 사적인 말을 아꼈다.

경기를 지켜보는 대부분의 야구팬은 한정훈의 신기록 작성을 기대했다.

평생에 한 번 볼까 말까 한 대기록이 자신들의 눈앞에서 이루어지려 하고 있었다.

야구팬이라면 이 기회를 놓치고 싶을 리 없었다.

그러나 트윈스 팬들은 달랐다.

류현신이 세운 한 경기 최다 탈삼진의 재물이 된 게 엊그제 같은데 이제는 한정훈이라니.

더 이상 트윈스가 우스워지는 꼴을 보고 싶지 않았다.

ㄴ양 감독 저 새끼는 대체 뭐하는 거야? 뭐라도 좀 하라고!

ㄴ양 감독 이 멍청아! 팔짱 껴고 보고만 있지 말고 번트라도 지시해! 일단 기록은 깨야 할 거 아냐!

ㄴ미친. 그랬다간 욕을 바가지로 먹을걸?

ㄴ트윈스 팬 아닌 것들은 아닥하고 빠져라.

트윈스 팬들은 치사하더라도 불명예스러운 기록을 중단시켜야 한다고 입을 모았다.

ㄴ문천재 때 벤치 작전 나온다에 내 손모가지 건다.

ㄴ맞아. 예전에 이대신 기록도 감독이 번트 사인 내서 깨진 거라며?

ㄴ양상운 감독도 똥줄 탈 텐데 대기록의 희생양이 되려고 할까?

상당수의 야구팬도 트윈스 더그아웃에서 뭔가 움직임을

보일 것이라 예상했다.

KBO 레전드급 투수도 아니고 올해 데뷔한 신인에게 9타자 연속 삼진을 당한 것만으로도 충분히 치욕적인 일이었다.

게다가 다음 타자는 덩치 큰 포수 정성오다.

문천재가 삼진 당하는 걸 지켜보다가 정성오에게 번트를 지시할 경우 더 치졸해 보일 가능성이 컸다.

그러느니 차라리 센스 좋은 문천재에게 기습 번트를 지시해 한정훈의 기록 행진을 깨뜨리는 게 나아 보였다.

"천재야, 부담 갖지 말고. 팀을 위한 거니까. 알지?"

양상운 감독을 대신해 서용인 타격 코치가 문천재의 등을 두드렸다.

그 역시도 이런 지시를 내리고 싶진 않지만 당장 양상운 감독의 감독직이 걸린 경기인 만큼 더 이상의 수모는 피하고 싶었다.

"기필코 깨버리겠습니다."

문천재가 비장한 얼굴로 타석에 들어섰다. 그러고는 방망이를 평소보다 짧게 잡았다.

–하아, 아무래도 번트 사인이 난 거 같은데요.

–번트요? 주자도 없는데요?

–일단 기록을 끊는 게 우선이라고 생각했나 봅니다. 아니면 다행이지만 정말 문천재 선수가 정말로 번트를 댄다면…….

—개인적으로 이용헌 해설위원의 오해이기를 진심으로 바랍니다.

중계 부스도 긴장감이 감돌았다.

이대신이 세운 기록을 20여 년 만에 갱신할 기회가 찾아왔는데 번트라니.

승부의 세계가 아무리 냉정하다고 해도 이런 방법은 프로야구 발전에 하등 도움이 되지 않았다.

그러나 정작 마운드에 선 한정훈의 반응은 덤덤했다.

8회가 시작된 시점에서 이미 누군가는 번트를 대리라고 예상하고 있었던 것이다.

게다가 기습 번트에 대한 대비책도 어느 정도 마련한 상태였다.

'이 공에 번트를 댄다면 쿨하게 인정하자.'

천천히 숨을 고른 뒤 한정훈이 있는 힘껏 공을 던졌다.

후아아앗!

한정훈의 손끝을 빠져나간 공이 문천재의 몸 쪽으로 날카롭게 파고들었다.

'젠장할!'

투구와 동시에 번트 동작을 취했던 문천재의 표정이 순식간에 일그러졌다.

패스트볼이라면 곧바로 푸시 번트를 감행하려고 했는데

공이 지나치게 몸 쪽으로 붙어오고 있었다.

가뜩이나 번트가 익숙지 않은데 만에 하나 빗맞히기라도 하면 타구에 그대로 얻어맞을 것만 같았다.

따앗!

문천재는 결국 어정쩡한 자세로 번트를 댈 수밖에 없었다.

그리고 그 타구는 당초 예상인 3루 선상을 완전히 벗어나 버렸다.

'빌어먹을.'

문천재가 입술을 질근 깨물었다.

마지막 순간에 지나치게 방향을 비튼 게 최악의 결과를 만들고 말았다.

초구 기습 번트가 허망하게 실패로 돌아가면서 야구팬들의 비난을 피하기도 어려워졌다.

ㄴ와아, 문천재. 후배 짓밟겠다고 졸렬하게 번트 대는 거 봐라

ㄴ누가 보면 이영규인 줄 알겠어.

ㄴ근대 문천재 대단하다. 조금 전 공 구속이 158㎞/h까지 찍혔는데 어떻게 번트를 댄 거지?

ㄴ뭐냐? 문천재의 재발견이냐?

ㄴ재발견 맞네. 문천재 이름 바꿔라 문번트로.

문천재의 예상대로 벌써부터 야구 관련 커뮤니티는 그에 대한 비난으로 도배가 되었다.

일부 트윈스 팬들이 문천재를 두둔해 봤지만 소용없었다.

한정훈의 신기록을 원하는 이가 워낙 많다 보니 금세 묻혀 버리고 말았다.

"후우……."

다시 타석에 돌아온 문천재가 슬쩍 1루 쪽 더그아웃을 바라봤다.

혹시라도 사인이 바뀌지 않았을까 하는 기대감 때문이었다.

팀이 큰 점수 차이로 지고 있는데 상대 투수의 호투에 밀려 타자들이 침묵을 지키고 있을 때, 발 빠르고 센스 좋은 타자들이 분위기 전환을 위해 초구에 기습 번트를 대는 건 흔한 일이었다.

하지만 한 차례 실패한 기습 번트를 또다시 시도하는 경우는 드물었다.

기습의 효과가 사라져 버린 기습 번트는 위험 부담이 크기 때문이었다.

그러나 애석하게도 트윈스 벤치에서는 별다른 사인이 나오지 않았다.

번트 강행.

"후우……."

문천재의 입에서 무거운 한숨이 흘러 나왔다.

그사이 박기완이 홈 플레이트 앞쪽에 서서 내야수들에게 번트에 대비하라는 사인을 냈다.

1루수 황철민과 3루수 송시원이 잔디 앞쪽으로 들어와 문천재를 압박했다.

문천재가 욕먹을 각오로 생존도 포기한 채 번트를 댄다면 또 몰라도 또다시 기습 번트를 대는 건 어려워 보였다.

한정훈도 천천히 숨을 고르며 박기완의 사인을 기다렸다.

박기완은 몸 쪽으로 휘어져 들어가는 투심을 요구했다.

문천재가 치면 파울이 될 테고 치지 않아도 단단히 겁을 줄 수 있었다.

한정훈은 가볍게 고개를 끄덕거렸다. 그리고 몸 쪽 아슬아슬한 코스에 투심을 집어넣었다.

따악!

이번에도 문천재는 몸을 낮추고 번트를 댔다.

하지만 손잡이 쪽을 맞은 타구는 그대로 문천재의 발치 앞으로 떨어져 버렸다.

"파울!"

타구가 3루 선상 밖으로 흘러 나가자 구심이 파울을 선언했다.

"후우우……."

문천재의 한숨 소리가 깊어졌다. 그러나 표정은 한결 홀가분하게 변해 있었다.

'이제 어쩔 수 없이 강공인가?'

팀을 위해 한정훈의 기록을 어떻게든 깨고 싶은 마음은 굴뚝같았지만 문천재는 자신의 임무는 여기까지라고 판단했다.

득점권에 데려다 놓을 주자가 있다면 또 모르겠지만 이 상황에서 쓰리 번트는 무리였다.

그런데…… 놀랍게도 벤치에서 다시 한 번 번트 사인이 나왔다.

선수 하나를 희생시켜 한정훈의 기록 달성을 저지하겠다는 너무나 잔인한 주문이었다.

'하아…….'

문천재는 잠시 할 말을 잃었다. 설마하니 또다시 번트 사인이 나올 줄은 예상하지 못한 것이다.

하지만 문천재는 애써 마음을 다잡았다. 솔직히 말해 이미 엎질러진 물이었다.

이제 와 야구팬들의 비난을 줄여보겠다고 방망이를 휘두르다 삼진이라도 당한다면 정성오는 더 큰 부담감을 안고 타석에 들어설 수밖에 없었다.

'내가 하자.'

문천재기 다시 방망이를 짧게 잡았다.

쓰리 번트 상황이라 파울이 나와도 아웃이다.

그렇게 되면 한정훈의 연속 타자 삼진 기록도 자연스럽게 깨지게 된다.

'징하네, 징해.'

문천재의 속내를 읽은 박기완이 고개를 흔들어 댔다.

이쯤 했으면 그만둘 만도 했건만 쓰리 번트라니.

홀로 무거운 짐을 짊어진 문천재가 안쓰러울 지경이었다.

그렇다고 문천재를 살리기 위해 신기록을 세울 절호의 기회를 놓칠 수는 없는 노릇이었다.

'정훈아, 승부구다.'

박기완이 몸 쪽 높은 패스트볼을 주문했다.

타자들이 번트를 대기 가장 어렵다는 코스를 공략해 문천재의 번트 기회를 없애 버릴 생각이었다.

한정훈은 묵묵히 고개를 끄덕였다.

그러고는 평소보다 조금 더 깊숙이 공을 쥐었다.

한정훈이 호흡을 멈추자 문천재가 일찌감치 번트 자세를 취했다.

그런 문천재의 몸 쪽을 향해 한정훈이 있는 힘껏 공을 내던졌다.

후아앗!

빠르게 날아간 공이 문천재의 코앞에서 살짝 떠오르는 듯

한 착시를 일으켰다.

"……!"

깜짝 놀란 문천재가 본능적으로 몸을 비틀었다.

그사이 스트라이크존을 꿰뚫은 공이 그대로 박기완의 미트 속에 빨려 들어갔다.

퍼엉!

박기완이 공을 미트에 쥔 채로 심판을 돌아봤다. 그러자 심판의 입에서 삼진 아웃이 선언됐다.

그때였다.

"타임!"

트윈스의 양상운 감독이 자리를 박차고 더그아웃 밖으로 나왔다.

2

–응? 트윈스 더그아웃에서 양상운 감독이 걸어 나오네요. 설마 한정훈 선수의 타이기록 작성을 축하해 주려는 건 아닐 테고 뭔가 다른 이유가 있나요?

–아, 양상운 감독이…… 비디오 판독을 요청하는데요?

–허……! 참…… 네, 여러모로 대단한 경기입니다.

–크흠, 어쨌든 헛스윙 여부에 대해서는 비디오 판독 요청이 가능하죠?

─그렇습니다. 그리고 구심의 판정은 삼진 아웃이었죠.

─리플레이 화면이 나옵니다만 한정훈 선수가 몸 쪽 높은 코스로 패스트볼을 던졌고요, 문천재 선수가 마지막 순간에 방망이를 뒤로 빼내는 모습이 잡히는데 판정이 어떻게 된 걸까요?

─흐음, 글쎄요. 공은 스트라이크존을 좀 벗어난 거 같고 문천재 선수가 방망이를 빼는 게 늦었다고 판단했을까요?

─아무래도 슈퍼 리플레이를 봐야겠습니다. 아시는 분들은 아시겠지만 저희 방송사의 슈퍼 리플레이는…….

중계진이 슈퍼 리플레이라 불리는 초정밀 비디오 판독을 기다리는 사이 양상운 감독과 구심의 설전은 한창 치열해지고 있었다.

"아니, 그러니까 뺐잖아. 뺐는데 왜 삼진이냐고?"

양상운 감독의 주장은 간단했다. 타격 전에 문천재가 방망이를 거둬들였다는 것이다.

물론 타이밍상으로 보면 살짝 늦은 감도 없지 않았다.

그러나 양상운 감독이 바득바득 우기는 이유는 따로 있었다.

"공이 스트라이크야? 그게 스트라이크냐고!"

한정훈이 던진 3구의 포구 지점. 그건 어떻게 봐도 볼이었다.

좌우 코스로는 스트라이크존 가장자리를 통과했지만 문천재의 목 쪽을 지나갔다.

문천재가 번트를 대려고 몸을 웅크리고 있었다 하더라도 스트라이크보다는 볼을 주는 게 타당해 보였다.

그 점에 대해서는 구심도 이견을 제시하지 못했다. 오늘 경기 내내 그 코스는 스트라이크를 잡아주지 않았다.

그럼에도 구심이 삼진을 선언한 이유는 따로 있었다.

"파울팁이에요."

"뭐?"

"파울팁이라고요. 제가 소리 들었습니다."

구심은 확실히 파울팁이라고 말했다. 그리고 쓰리 번트 상황에서 파울팁은 삼진으로 인정된다.

"뭔 말 같지도 않은 소리야?"

양상운 감독이 언성을 높였다.

공의 궤적이 달라진 걸 전혀 느끼지 못했는데 파울팁이라니.

구심이 말도 안 되는 소리를 지껄이고 있다고 여겼다.

그러나 구심도 나름의 증거가 있었다.

"포수, 볼!"

구심이 박기완에게 포구한 공을 요구했다. 그러자 박기완이 냉큼 공을 건네주었다.

"여기 보세요. 어, 여기 있네."

공을 이리저리 돌리던 구심이 어딘가를 가리켰다.

그곳에는 미세하나마 가죽이 긁힌 흔적이 있었다.

순간 양상운 감독의 눈동자가 흔들렸다.

만약에 정말로 파울팁이라면 긁어 부스럼을 만드는 꼴이 되고 만다.

그렇다고 이제 와서 꼬리를 말고 도망치기도 어려웠다.

'아니지. 아니야. 고작 이 정도 긁힌 게 카메라에 잡힌다고? 그리고 이건 그냥 포구할 때 생긴 것일지도 모르잖아?'

양상운 감독은 이내 마음을 독하게 먹었다. 그리고 매서운 눈으로 문천재를 바라봤다.

"천재야! 파울이야?"

구심의 시선도 자연스럽게 문천재에게 향했다.

자신이 들었던 둔탁한 소리라면 문천재도 분명 뭔가를 느꼈을 것이라 여겼다.

"저, 저는 잘 모르겠습니다."

문천재가 에둘러 말을 돌렸다.

잘 모르겠다.

그건 확신이 없다는 이야기다. 자신에게 불리한 판정이 내려질 가능성을 배제하기 어렵다는 소리였다.

하지만 양상운 감독은 그 말을 제 편한 대로 해석했다.

"봐! 천재도 모르겠다잖아. 그런데 이게 무슨 파울이야. 말이 돼?"

"알았으니까 잠깐 기다려 보세요. 곧 판독 나오니까……."

"판독은 무슨 얼어 죽을 놈의 판독! 오심이잖아! 매번 오심 때마다 감독들이 나와서 이 지랄을 떨어야 해?"

"그러니까 좀 진정하시고……."

양상운 감독이 거칠게 항의할 때마다 구심도 울컥하고 감정이 치밀어 올랐다.

하지만 구심은 끝까지 평정심을 유지했다. 파울팁이라는 확신이 강했기 때문이다.

그리고 나날이 발전해 가는 비디오 판독은 구심의 판단이 정확했다는 사실을 입증했다.

"파울팁 맞습니다!"

구심을 대신해 비디오 판독 결과를 전해 들은 3루심이 큰 목소리로 말했다.

그러자 양상운 감독의 얼굴이 와락 일그러졌다.

파울팁이라니. 설사 방망이에 스쳤다 한들 티도 나지 않을 텐데 그걸 잡아냈다니.

심판들이 작당하고 자신을 물 먹이려는 것만 같았다.

하지만 애석하게도 파울팁을 잡아낸 건 심판 합의 판정 판독 센터만이 아니었다.

─지금 심판들이 판독 결과를 기다리고 있는데요.

─네, 예전에는 방송사가 중계하는 리플레이 화면을 통해

핀득을 했지만 2016년부터 네이서리ㄴ처럼 판독 센터를 만들고 자체적으로 판독을 하고 있죠?

　-그런데 판독률이 어느 정도나 될까요?

　-글쎄요. 작년에도 서너 건 놓친 게 있어서 올해 대대적으로 최신식 장비로 교체하지 않았습니까? 어쩌면 이번 판정 결과에 따라서 판독 센터의 판독 신뢰도가 결정되지 않을까 싶습니다.

　야구장에 설치된 13대의 카메라를 전부 돌려 본 끝에 중계진은 조금 전 상황이 파울팁 삼진일 가능성이 크다는 결론을 내렸다. 하지만 중계 화면은 어디까지나 참고용이기 때문에 합의 판정 판독 센터의 결과를 기다릴 수밖에 없었다.

　-아, 지금 3루심이 본부 쪽으로 가는데요. 결과를 전해 듣는 것 같습니다.

　-어떻게 됐을까요? 무척이나 궁금해지는데요.

　-아! 구심 삼진 아웃을 선언하네요. 양상운 감독 받아들일 수 없다고 계속 항의하는데요.

　-하하, 이렇게 되면 파울팁이 확실하네요. 슈퍼 리플레이 결과도 파울팁이고 판독 센터 판정 역시 마찬가지니까요.

　-이런! 결국 트윈스 코치들이 나와서 양상운 감독을 데리고 들어가네요.

─양상운 감독 심정은 백분 이해합니다만 자중해야죠. 비디오 판독을 신청해 놓고 그 결과를 받아들이지 않는 건 억지를 부리는 것밖에 안 되니까요.

잠시 어수선했던 그라운드가 금세 정리가 됐다.

전광판에는 비디오 판독 결과 파울팁 삼진 아웃이라는 사실이 정확하게 공고되었다.

"쓰리 번트에서 파울은 아웃 아냐?"

"파울팁이니까 삼진 아닐까?"

"무슨 소리야? 쓰리 번트에서 파울이 났잖아. 그럼 파울이 먼저니까 아웃 처리해야지."

"전광판에 파울팁 삼진 아웃이라고 적혀 있잖아. 다른 규칙이 있나 보지."

관중들의 술렁임은 생각보다 오래 이어졌다. 파울팁 삼진 아웃이라는 생소한 규정 때문이었다.

하지만 관중들의 반응과는 별도로 한정훈은 연속 타자 탈삼진 타이기록을 세운 상태였다.

─어쨌거나 한정훈 선수, 정말 대단합니다.

─네, 저 어린 선수가 어떻게 그런 기지를 발휘할 수 있을지 정말 놀라울 따름입니다.

─솔직히 문천재 선수가 번트를 대려 했을 때 대기록 작성

은 물 건너갔다고 생각했거든요.

─크흠, 저는 그래도 가능성이 있다고 봤습니다. 한정훈 선수가 지금까지 번트를 쉽게 대준 적이 없었거든요.

─거짓말 마십시오. 조금 전에는 저한테 계속 불안하다고 사인을 보내셨잖습니까?

─크흠. 제, 제가요? 아닙니다. 저 아닌데요? 전 초지일관, 한정훈 선수의 기록 달성을 믿었습니다.

─시청자 여러분, 여러분께서는 지금 이용헌 해설위원이 당황해서 말을 더듬는 현장을 듣고 계십니다.

─크흐흠, 거 아니라니까요?

최대 고비였던 문천재를 넘으면서 중계진의 목소리가 밝아졌다.

한 타자를 더 잡고 기록을 갱신해도 좋겠지만 여기서 멈춘다 해도 상관없었다.

똑같은 10연속 타자 탈삼진이라 해도 프로에 갓 데뷔한 신인이 세운 기록이 더 인정받을 수밖에 없기 때문이었다.

─타석에 정성오 선수, 들어섭니다.

─한정훈 선수, 이제 마음 편히 던졌으면 좋겠네요. 알게 모르게 부담이 됐을 텐데 말입니다.

─다행히도 정성오 선수는 번트를 대지는 않을 것 같네요.

─정성오 선수가 워낙 거구라 번트가 쉽지 않죠. 조금 전 상황도 영향을 미쳤을 테고요.

─하지만 또 모르는 거 아니겠습니까?

─만약 벤치에서 또다시 번트 사인이 나왔더라도 이번에는 그러지 말았으면 좋겠습니다. 경기를 시청하시는 팬 여러분들도 한 번은 넘어가 줄 수 있겠지만 두 번은 봐주지 않으실 것 같거든요.

이용헌 해설이 만에 하나 있을 연속 번트 작전을 경계했다.

트윈스 구단의 절박함을 모르지는 않지만 여기서 더 구차해졌다간 이미지 회복이 어려워질 수도 있었다.

다행히도 트윈스의 모기업 역시 같은 판단을 내리고 있었다.

"젠장! 이렇게 된 거 계속 번트 대! 어떻게든 기록을 깨버리란 말이야!"

더그아웃에 끌려온 양상운 감독이 악을 내질렀다.

망신은 당할 만큼 당했으니 신기록 달성이라도 저지해야 속이 풀릴 것 같았다.

그때였다.

"가, 감독님!"

"뭡니까?"

"그게 잠시만 ."

더그아웃으로 들어온 프런트 직원 하나가 양상운 감독에게 귓속말을 전했다.

순간 양상운 감독의 얼굴이 벌겋게 달아올랐다.

데릭 쉴즈가 강판당하면서 오늘이 마지막 경기가 될 거라 예상은 하고 있었지만 윗선에서 즉각적인 경질을 결정할 줄은 몰랐던 것이다.

"빌어먹을!"

양상운 감독이 자리를 박차고 더그아웃을 빠져나갔다.

그를 대신해 유지헌 작전 코치가 임시로 지휘봉을 잡았다.

"번트 없이, 제대로 싸워봅시다."

윗선의 의지를 확인한 유지헌 코치가 선수들을 다독거렸다.

양상운 감독의 갑작스러운 퇴진에 당황했던 트윈스 선수들도 이대로 당할 수는 없다며 의지를 불태웠다.

하지만 애석하게도 그 의지가 타석에 들어선 정성오에게까지 이어지진 못한 모양이었다.

"스트라이크!"

초구에 바깥쪽을 파고드는 예리한 커터를 지켜만 봤던 정성오는 자세를 고쳐 잡았다.

다행히도 벤치에서는 번트 사인이 없었다.

그렇다고 자발적으로 번트를 대서 욕을 바가지로 먹고 싶지도 않았다.

'죽을 때 죽더라도 휘두르고 죽자.'

정성오가 방망이를 힘껏 움켜잡았다.

그러나 트윈스의 번트 작전에 질려 버린 박기완은 정성오가 좋아하는 몸 쪽 코스로 공을 요구할 생각이 전혀 없었다.

'철저하게 바깥쪽으로.'

박기완이 2구째 투심 패스트볼을 요구했다. 가볍게 고개를 끄덕인 뒤 한정훈이 침착하게 공을 던졌다.

후아앗!

좌타석으로 살짝 치우쳤던 공이 마지막 순간 홈 플레이트를 스치고 박기완의 미트 속으로 빨려 들어갔다.

정성오가 뒤늦게 방망이를 휘둘러 봤지만 허공만 가를 뿐이었다.

"스트라이크!"

심판의 콜이 격앙되게 울렸다.

투 스트라이크.

여기서 스트라이크 하나만 더 들어온다면 연속 타자 탈삼진 신기록을 작성하게 된다.

'아오, 심장 떨려 죽겠네.'

'젠장. 기록 세울 거면 빨리 세워버려라.'

'하아, 시팔. 왜 하필 내 타석이야?'

포수 박기완과 구심은 물론 정성오까지 치미는 긴장감에

숨이 막혀 버릴 깃만 깉았나.

그사이 한정훈이 무덤덤한 얼굴로 3구를 내던졌다.

후아앗!

빠르게 날아든 공이 바깥쪽으로 향했다.

코스는 다소 높았다. 정성오가 치지 않는다면 볼 판정이 나올 가능성도 높았다.

하지만 투 스트라이크로 몰린 정성오에게 그 정도 판별력은 남아 있지 않았다.

후우웅!

정성오의 방망이가 거칠게 허공을 갈랐다.

그사이 살짝 치솟듯 날아든 공이 방망이 윗부분과 부딪치며 튕겨져 올랐다.

"안 돼!"

박기완은 반사적으로 미트를 들어 올렸다.

이대로 파울이 된다면 한정훈의 대기록 작성은 물거품이 되고 만다.

그런 박기완의 처절한 몸부림이 통한 것일까.

쿠다당!

균형을 잃고 뒤로 넘어간 박기완의 미트 끝부분에 세계 신기록을 작성한 공이 반항스럽게 붙들려 있었다.

"스트라이크, 아웃!"

심판이 기다렸다는 듯이 삼진을 외쳤다. 그리고 잠시 뒤.

툭. 투두둑.

미트의 포켓을 빠져나온 공이 억울하다며 바닥을 굴렀다.

3

　-파울팁 삼진!

　-한정훈 선수! 연속 타자 탈삼진 신기록을 세웁니다!

　-정말 대단하네요. 제가 캐스터 일을 하는 동안 이런 대기록을 직접 보게 되리라고는 생각지도 못했습니다.

　-저도 마찬가지입니다. 한정훈 선수! 정말 대단하고 또 대단합니다!

　권성우 캐스터와 이용헌 해설위원은 기다렸다는 듯이 감정의 봇물을 터뜨렸다.

　자신들이 중계하는 순간에 KBO 역사에 길이 남을 대기록이 작성됐으니 흥분하는 것도 무리는 아니었다.

　└한정훈 대바아아아아악!!

　└시팔! 내가 뭐랬냐? 한정훈이 해낸다고 했지?

　└와 진짜 소름 돈다. 어떻게 연속해서 파울팁이냐?

　└한정훈도 대단하지만 파울팁 잡아낸 박기완이 더 대단.

　└동감. 이건 박기완이 만든 기록이나 다름없다.

┌ 정싱오노 살했다.

└맞아. 또 번트 대는 줄 알고 식겁했다.

　

야구 관련 각종 커뮤니티에도 한정훈의 신기록에 관한 글
들이 폭주했다.

그것도 마지막 두 타자는 파울팁 삼진으로 잡아냈으니 이
보다 더 드라마틱한 결과도 없었다.

그러나 정작 마운드를 내려가는 한정훈은 여전히 덤덤하
기만 했다.

머잖아 세계를 깜짝 놀라게 만들 대기록과는 아무런 상관
도 없는 사람처럼 말이다.

11타자 연속 탈삼진.

이건 실로 어마어마한 기록이었다.

퍼펙트게임이나 노히트 노런만큼이나 하늘이 도와야 하는
대기록이었다.

제아무리 슈퍼 루키라 해도 한정훈의 일생에 오늘 같은 날
이 또 찾아오리라는 보장은 없었다.

그렇다면 충분히 기뻐해도 좋았다. 아니, 인간이라면 기뻐
하는 게 당연했다.

적어도 이 순간만큼은 그 누구도 신인이 건방지다고 나무
라지 않을 터였다.

하지만 한정훈은 더그아웃에 들어간 이후에도 별달리 기

뻐하지 않았다.

이곳은 서울 야구장이다. 트윈스의 홈구장이기도 했다.

만원에 가까운 관중 중 스톰즈 팬들은 기껏해야 천여 명 남짓에 불과했다.

나머지는 하나같이 트윈스의 팬들이었다.

팬심만큼은 그 누구에게도 뒤처지지 않는 게 트윈스 팬들이었다.

그러나 애석하게 경기 결과는 그런 트윈스 팬들을 한숨 쉬게 만들었다.

스톰즈 팬들이라면 영원히 기억하고 싶을 이 순간이 트윈스 팬들에게는 다시 떠올리고 싶지 않은 악몽이나 마찬가지였다.

그리고 그 악몽을 선사한 게 바로 자신이었다.

그래서 한정훈은 오늘 경기를 힘겹게 지켜보는 트윈스 팬들에게 최소한의 배려를 해주고 싶었다.

"후우······."

천천히 숨을 고르며 한정훈은 치미는 감정을 억눌렀다.

기쁨의 포효는 경기가 다 끝난 다음에 해도 늦지 않다고 여겼다.

다행히 스톰즈 선수들도 호들갑을 떨지 않았다. 배용수가 나서서 흥분한 선수들을 진정시켰기 때문이다.

"아직 경기 중이다. 기록도 현재 진행형이고. 그러니까 괜히 정훈이 자극하지 말자. 알았지?"

배용수의 말처럼 경기는 아직 끝난 게 아니었다.

9회 말, 누군가가 마운드에 올라 아웃 카운트 세 개를 더 잡아내야만 비로소 오늘 경기를 끝낼 수 있었다.

그리고 배용수는 9회 말에도 한정훈이 마운드에 오를 것이라고 생각했다.

신기록 작성 여부를 떠나 로이스터 감독이라면 한정훈에게 오늘 경기를 맡길 가능성이 높았다.

현재 점수는 4 대 0.

세이브 여건이 되지 않기 때문에 첫 풀타임 마무리투수에 도전하는 이승민을 무리시킬 이유가 없었다.

투구 수를 조절해 가며 잘 던지는 한정훈을 내리고 불펜을 투입할 상황은 더더욱 아니었다.

현재 스톰즈는 테너 제이슨과 한정훈을 제외하고 완투를 해줄 만한 투수가 없었다.

부상 경력이 있는 마크 레이토스와 노장 배용수는 체력 관리가 필요했다.

조시 스펜서와 강현승의 경우 체력적인 문제는 없지만 투구의 기복이 심했다.

한 경기에서도 좋았다 나빴다를 반복했다.

그렇다 보니 테너 제이슨과 한정훈의 등판 경기 이외에는 다수의 불펜 투수가 투입될 수밖에 없었다.

원칙적으로 한정훈이 등판한 오늘은 불펜 투수들의 휴식일이었다.

4월 24일 부산 자이언츠전 이후로 10연전을 치러야 하는 스톰즈의 입장에서 허약한 불펜을 제대로 활용할 수 있는 유일한 방법은 쉴 수 있을 때 쉬게 해주는 것뿐이었다.

한정훈이 다시 마운드에 오르면 탈삼진과 관련한 두 가지 기록 도전이 가능해진다.

하나는 연속 타자 탈삼진 기록.

이미 기존 기록을 갱신한 상태지만 트윈스의 타순상 그 숫자가 열한 명에서 끝날 것 같지 않았다.

다른 하나는 어느새 코앞으로 다가온 한 경기 최다 탈삼진 기록.

정규 이닝 기록은 2010년 류현신이 세운 17개다.

그리고 연장전을 포함한 기록은 1991년 선동연이 이글스전에서 세운 18개였다.(13이닝)

8회를 끝마친 현재 한정훈의 탈삼진은 총 16개.

9회 말 한 타자만 삼진으로 잡아내도 류현신과 동률을 이룬다.

한정훈이 초짜 신인인 걸 감안했을 때 류현신보다는 한정훈의 기록을 더 높이 평가할 가능성이 높았다.

거기에서 한정훈이 한 타자를 더 삼진으로 잡아낸다면?

그때는 류현신과 선동연의 기록을 전부 뛰어넘게 된다.

탈삼진 숫자가 같더라도 투구 이닝이 적은 투수를 우위에 두는 게 당연하기 때문이다.

그것만으로도 충분히 경이로운데 한정훈이 마지막 타자까지 삼진으로 돌려세운다면?

그때부터는 오직 한정훈이라는 이름과 오늘 경기만이 언급될 것이다.

'정훈아, 힘내라.'

배용수는 소리 없이 한정훈을 응원했다.

자신은 감히 엄두조차 내지 못할 일이었지만 한정훈이라면 왠지 대리만족이라도 시켜줄 것만 같았다.

다른 스톰즈 선수들도 마찬가지였다.

신인 주제에 너무 잘나간다고 배 아파하던 이들조차 이 순간만큼은 한정훈이 위대한 기록의 주인공이 되길 바랐다.

9회 초.

스톰즈의 공격은 삼자범퇴로 끝이 났다.

특별히 한정훈을 위해 타자들이 일부러 방망이를 휘둘러 댄 건 아니었다.

하지만 어찌 됐건 한정훈은 어깨가 적당히 쉰 상태에서 마운드에 오를 수 있었다.

─여러분, 기뻐하십시오. 한정훈 선수가 다시 마운드에 오

릅니다.

　-하……! 이건 정말 소름 돋네요. 설사 한정훈 선수의 기록이 여기서 중단된다고 하더라도 전 한정훈 선수의 용기에 박수를 보내겠습니다.

　-저도 그렇습니다. 정말…… 한정훈 선수가 우리나라에서 태어난 게 이렇게 자랑스러울 수가 없습니다.

　중계진은 또다시 호들갑을 떨어 댔다.

　대놓고 말은 하지 않지만 도전 중인 한 경기 최다 탈삼진 기록까지 한정훈이 갱신하기를 바라는 눈치였다.

　툭. 툭.

　무표정한 얼굴로 마운드에 오른 한정훈은 로진 백을 가볍게 두드렸다.

　손바닥 가득 하얀 로진 가루가 묻었다. 그것을 입바람으로 힘껏 털어낸 뒤 글러브 속공을 쥐었다.

　그사이 타석에 9번 타자 손주은이 들어섰다.

　'더 이상 수모를 당할 수는 없다.'

　앞선 타석에서 삼진을 당했던 손주은은 바짝 약이 올라 있었다.

　한정훈의 신기록 달성 여부를 떠나 또다시 삼진을 먹는 것만은 싫었다.

　하지만 마음을 다잡는다고 해서 한정훈의 공을 쉽게 쳐 낼 수 있는 건 이니있다.

후아앗!

한정훈이 던진 초구가 바깥쪽으로 날아들자 손주은은 망설이지 않고 방망이를 내밀었다.

맞춘다 하여도 안타보다 평범한 땅볼이 될 가능성이 높았지만 상관없었다.

볼카운트가 몰려서 한정훈에게 질질 끌려다니느니 죽더라도 눈에 들어온 공을 적극적으로 공략하는 편이 낫다고 여긴 것이다.

그러나 손주은이 적극적으로 나올 걸 예상이라도 한 듯 공은 방망이가 덤벼드는 순간 왼쪽으로 꺾여 버렸다.

퍼엉!

박기완이 스트라이크존 바깥쪽에서 공을 잡았다. 가만 놔뒀다면 볼로 판정이 됐을 코스였다.

하지만 애석하게도 손주은의 방망이는 힘차게 허공을 가르고 말았다.

"스트라이크."

구심이 가볍게 주먹을 쥐었다. 철저하게 중립을 지켜야 하는 게 심판의 본분이었지만 대기록의 희생양이 되어버린 트윈스 타자들을 보고 있자니 절로 안쓰러워질 지경이었다.

"괜찮아, 괜찮아."

손주은이 애써 스스로를 다독였다.

한정훈의 커터에 또다시 농락당한 걸 생각하면 속이 부글부글 끓어올랐지만 그렇다고 약한 모습을 내비칠 수는 없는 노릇이었다.

다시 타석에 돌아온 손주은은 방망이를 단단히 움켜쥐었다.

2구째에 어떤 공이 날아들지는 모르겠지만 망설이지 않고 힘껏 휘둘러 볼 생각이었다.

그런 손주은의 속내를 간파한 한정훈-박기완 배터리는 체인지업을 선택했다.

후우웅!

베테랑답게 손주은은 체인지업 타이밍에 맞춰 방망이를 휘둘렀다.

그러나 이번에도 방망이는 공에 닿지 않았다.

변종 체인지업.

마지막 순간 바깥쪽으로 흘러나간 공이 박기완의 미트 속으로 파고들고 있었다.

"젠장!"

또다시 투 스트라이크에 몰리자 손주은은 다급해졌다.

여기서 한정훈이 작심하고 160㎞/h대의 패스트볼을 던진다면?

꼼짝 없이 당할 것만 같았다.

그런 손주은의 조바심과 두려움이 얼굴을 타고 한정훈에

게 고스란히 전해졌다.

박기완의 사인을 확인한 한정훈이 가볍게 고개를 끄덕거렸다.

그리고 손주은의 바깥쪽으로 투심 패스트볼을 힘차게 던졌다.

후웅!

손주은도 지지 않고 방망이를 내질렀다. 그러자 따악 하는 소리와 함께 타구가 1루 라인을 타고 흘렀다.

만약을 대비해 전진 수비를 하고 있던 황철민이 냉큼 타구 쪽으로 달려갔다.

그러다 타구의 미묘한 움직임을 보고는 입술을 깨물었다.

이대로 놔둘 경우 타구는 파울 라인을 벗어날 것 같았다.

하지만 만에 하나 타구가 라인을 벗어나기 전에 힘을 잃는 다면?

그때는 트윈스에게 무사 1루 찬스가 생기게 될 것이다.

'잡아? 말아?'

황철민이 타구 쪽으로 글러브를 내밀었다. 그러자 타구가 도망치듯 라인 쪽으로 붙어 들어갔다.

'나가라! 나가라!'

황철민은 속으로 악을 내지르며 타구를 쫓았다.

만약 베테랑 선수였다면 한정훈의 기록과는 별개로 팀을 위해 아웃 카운트를 늘렸겠지만 황철민은 달랐다.

청소년 국가 대표로 함께 활약해 온 한정훈이 한 경기 최다 탈삼진 기록에 도전하고 있는데 선배이자 동기로서 지켜볼 수만은 없었다.

다행히도 황철민의 갸륵함이 통했다.

1루 라인 위를 타고 움직이던 타구가 기어코 라인 바깥으로 흘러 나가버린 것이다.

황철민은 타구가 다시 라인 안으로 꺾여 들어올까 봐 냉큼 글러브를 내밀어 공을 잡아냈다.

결과는 파울.

"하아……."

"후우……."

손주은과 박기완의 입에서 서로 다른 의미의 한숨이 흘러나왔다.

'너무 바깥쪽 승부를 고집했어.'

박기완은 자책했다.

안타를 맞지 않으려는 욕심이 지나쳐 바깥쪽 일변도로 사인을 낸 게 문제였다.

그렇다고 무작정 몸 쪽으로 붙이는 것도 위험했다.

손주은 정도 되는 베테랑이라면 그 정도쯤은 예상하고 있을 게 뻔했다.

'승부구다.'

잠시 고민하던 박기완이 한가운데로 미트를 내밀었다.

정확하게 원하는 공은 높은 한가운데 높은 공.

일명 하이 패스트볼.

볼카운트가 몰린 타자들이 곧잘 현혹되는 코스였다.

한정훈은 고개를 끄덕였다. 확실히 하이 패스트볼이라면 손주은을 속일 수 있을 것 같았다.

그리고 그 예상은 정확했다.

퍼엉!

"스트라이크, 아웃!"

자신의 얼굴 높이의 공에 헛스윙을 해버린 손주은이 그대로 방망이를 바닥에 내리쳐 버렸다.

잠시 후.

서울 야구장 전광판의 탈삼진 옆에 표기됐던 숫자가 바뀌었다.

17.

아웃 카운트 두 개를 남기고 한정훈은 메이저리거 류현신의 기록을 따라잡았다.

연속 타자 탈삼진 기록도 12명으로 늘어났다.

자연스럽게 서울 야구장은 더욱 지독한 침묵에 빠져들었다.

-하, 한정훈 선수! 선두 타자 손주은 선수를 삼진으로 돌

려 세웁니다!

–정말 기가 막히네요. 이제는 저도 할 말이 없습니다.

해설진의 말투에도 전율이 묻어나왔다.

이제 막 프로에 데뷔한 투수가 연속 타자 탈삼진 신기록을 세운 데 이어 곧바로 한 경기 최다 탈삼진 타이기록까지 작성했다.

그것도 한 치의 흐트러짐도 없이 말이다.

'대단해. 이건 정말 대단해.'

마운드에 선 한정훈을 내려다보며 이용헌 해설위원은 고개를 절레절레 흔들어 댔다.

두 눈으로 보고도 믿기지 않는다는 말이 실감이 날 정도였다.

지금껏 수많은 신인 투수를 봐 왔지만 한정훈처럼 강심장의 투수는 처음이었다.

개막전에서 최연소 완봉승 기록을 갈아치울 때부터 알아보긴 했지만 대기록 앞에서도 의연해질 수 있는 정신력은 결코 아무나 가질 수 있는 게 아니었다.

한정훈을 보고 있자면 마치 전생의 위대한 투수가 환생이라도 한 것처럼 느껴졌다.

스타일은 다르지만 선동연과 함께 한 시대를 풍미했던 무쇠팔 최동훈의 한창때를 보는 기분이었다.

이용헌 해설위원뿐만이 아니었다. 타석에 들어선 오지완도 한정훈의 기세에 반쯤은 질린 얼굴이었다.

'빌어먹을.'

오지완이 입술을 질근 깨물었다.

베테랑 손주은이 앞에서 끊어주길 바랐는데 최다 탈삼진 기록이라는 폭탄이 자신에게까지 넘어와 버렸다.

거기다 연속 타자 탈삼진 폭탄은 여전히 카운트 중이었다.

마음 같아서는 교체라도 당하고 싶었다. 오늘처럼 몸도 마음도 무거운 경기는 솔직히 뛰고 싶지가 않았다.

하지만 그럴수록 오지완을 향한 트윈스 팬들의 바람은 간절해졌다.

'지완아! 오지완!'

'올해 잘하고 아시안 게임 가기로 했잖아!'

'여기서 끊자. 제발!'

트윈스 팬들은 한마음으로 오지완이 뭔가를 보여주길 바랐다.

가능하다면 트윈스 팬들을 위해 큰 것 한 방 날려주길 기도했다.

그러나 애석하게도 그 기도는 오지완에게 닿지 못했다.

아니, 설사 그 기도를 들었다 하더라도 아직 젊은 오지완이 쏟아지는 부담감을 이겨내기란 쉽지 않았다.

'커터로 승부하자.'

오지완의 표정을 힐끔 살핀 박기완은 초구에 몸 쪽 커터를 주문했다.

전 타석 때 철저하게 체인지업 승부를 가져간 만큼 이번에는 볼 배합에 변화를 줄 필요가 있었다.

게다가 오지완은 푸시 번트에 능했다.

번트를 댈 만한 공을 던져 줬다가 허를 찔리느니 차라리 기세를 올려 강하게 몰아붙이는 편이 나을 것 같았다.

한정훈은 고개를 끄덕였다.

오지완이 몸 쪽에 강한 편이었지만 결정을 주저하지 않았다. 박기완의 판단을 믿고 자신의 공을 믿었다.

"후우······."

길게 숨을 내쉰 뒤 한정훈이 하늘 높이 다리를 들어 올렸다.

그리고 박기완의 미트를 과녁 삼아 힘껏 공을 던졌다.

후아앗!

한정훈의 손끝을 떠난 공이 창날처럼 오지완의 몸 쪽을 파고들었다.

그 기세가 어찌나 사납던지 오지완은 방망이를 휘둘러보지도 못하고 한 걸음 물러나고 말았다.

퍼엉!

바깥쪽으로 살짝 흘러나가려는 공을 박기완이 팔을 뻗어 움켜쥐었다.

"스트라이크!"

다행히 심판이 스트라이크를 선언했다. 한정훈이 던진 공이 커터라는 사실을 제대로 인지한 것이다.

"젠장!"

오지완은 뒤늦게 이를 악물었다.

스트라이크 판정을 받은 공에 지레 겁을 먹고 물러서다니.

다른 걸 떠나 자존심이 상했다. 자신도 모르게 한정훈에게 겁을 먹고 있었다는 소리였다.

'정신 차리자. 정신 차려!'

오지완은 두 손으로 헬멧을 힘껏 두드렸다. 그리고 방망이를 단단히 움켜쥐었다.

죽을 때 죽더라도 볼썽사나운 꼴을 보이고 싶진 않았다.

그래도 명색이 트윈스의 1번 타자이자 프랜차이즈 스타다. 그렇다면 최소한의 자존심은 지켜야 했다.

'와라!'

쿵쾅거리는 심장 소리를 저만치 밀어내며 오지완이 매서운 눈으로 한정훈을 바라봤다.

하지만 박기완은 그런 오지완의 변화를 미처 인지하지 못했다. 그래서 2구째도 몸 쪽 커터를 요구했다.

한정훈은 이번에도 군말 없이 고개를 끄덕거렸다.

오지완의 달라진 눈빛은 크게 신경 쓰지 않았다. 마운드에 오른 투수라면 제 공을 믿고 포수 미트를 향해 던지는 게 옳았다.

후아앗!

한정훈이 쏘아낸 공이 대각선으로 오지완의 몸 쪽을 파고 들었다.

게다가 구종이 커터이다 보니 히팅 포인트를 잡기가 쉽지 않아 보였다.

그러나 오지완은 감각적으로 방망이를 끌어냈다.

자신이 괜히 트윈스의 1번 타자가 아니라는 걸 증명이라도 하듯이.

따아악!

방망이에 걸린 타구가 순식간에 외야를 벗어났다. 그리고 외야 쪽으로 매섭게 뻗어 나갔다.

"와아아아!"

고요했던 서울 야구장이 함성으로 들썩거렸다. 오지완도 방망이를 쥔 채로 반쯤 1루를 향해 내달렸다.

하지만 애석하기도 타구는 조금씩 1루수 밖으로 휘어져 나갔다.

그러고는 마지막 순간에 폴대를 1미터 정도 벗어나 담장을 넘어갔다.

–아아, 파울입니다.

–후우. 정말 사람 깜짝 놀라게 하는 파울 홈런이 나왔네요.

─그래노 오지완 선수, 대단합니다. 한정훈 선수에게 전혀 주눅 들지 않고 2구를 제대로 받아쳤네요.

─네, 리플레이 영상을 보시면 아시겠지만 2구 역시 몸 쪽 꽉 찬 커터거든요. 아마 이 공을 때려내기가 쉽지 않았을 텐데 오지완 선수가 해냈네요.

─저런 타구는 용병 타자들에게서나 나오던 건데요.

─오지완 선수가 올해 웨이트를 엄청 했거든요. 배트 스피드야 원래 빨랐고요. 몸 쪽에 노림수까지 가지고 있었으니 조금 전 타구를 만들어낼 수 있었던 것 같습니다.

한정훈의 기록 달성에 빠져 있던 중계진도 오랜만에 정신을 차렸다.

그만큼 오지완이 쏘아낸 파울은 모든 사람을 깜짝 놀라게 하기에 충분했다.

"후우……."

한정훈도 들뜬 숨을 내쉬었다.

코스상 안타가 나오기 어렵다는 확신을 가지고 던졌는데 타구가 아슬아슬했다.

조금만 커터가 밋밋하게 들어갔다면 폴대 안쪽으로 넘어갔을지 몰랐다.

'역시. 오지완 선배라 이거네.'

한정훈은 입가가 근질거리는 걸 참아냈다. 대신 로진 백을 힘 있게 움켜쥐었다.

현재 오지완은 12개 구단 1번 타자 중 최고의 장타력을 뽐내고 있었다.

게다가 몸 쪽 공을 잡아당기는 기술이 좋았다.

그래서 어지간한 투수들은 오지완과 섣불리 몸 쪽 승부를 하려 들지 않았다.

하지만 한정훈은 이 대결을 피할 생각이 없었다.

오히려 또다시 커터를 던져 오지완을 이겨내 보이고 싶었다.

그게 가능하다면 커터에 대한 자신감도 한층 높아질 것 같았다.

한정훈의 뜨거워진 눈이 박기완을 향했다. 그러자 박기완이 기다렸다는 듯이 사인을 냈다.

몸 쪽 커터.

한정훈 이상으로 승부를 즐기는 박기완에게 이것 이외의 선택지란 애당초 없었다.

한정훈은 가볍게 고개를 끄덕거렸다. 그리고 오지완의 몸 쪽을 향해 힘 있게 공을 뿌렸다.

후아앗!

로진 가루를 튕겨낸 공이 순식간에 홈 플레이트 앞까지 날아들었다.

그러자 오지완도 지지 않고 허리를 돌렸다.

이미 반쯤 빠져나온 방망이가 꺾이기 직전의 기다를 갑이 먹을 듯 매섭게 달려들었다.

'실투다!'

오지완은 눈을 치떴다. 지금쯤이면 꺾여 들어와야 할 커터가 곧장 날아들고 있었다.

자연스럽게 오지완의 입가를 타고 성급한 미소가 번져 들었다.

조금 전보다 살짝 밋밋해진 궤적이라면 스위트 스폿에 정확하게 걸려들 것이라 확신한 것이다.

하지만 한정훈이 던진 커터는 밋밋해진 게 아니었다.

한정훈이 릴리스 포인트를 최대한 앞으로 끌고 나온 덕에 꺾이는 타이밍이 조금 늦었던 것뿐이었다.

그리고 그 미묘한 차이가 승부를 결정지었다.

탓!

손잡이 위쪽을 스친 타구가 오지완의 어깨 너머로 사라졌다. 그와 동시에 묵직한 포구음이 오지완의 귓가를 때렸다.

'서, 설마……?'

스윙을 끝내기가 무섭게 오지완이 다급히 뒤를 돌아봤다.

놀랍게도 박기완이 힘껏 뻗어 올린 미트 속에 야구공 하나가 처박혀 있었다.

"스트라이크, 아웃!"

박기완의 미트를 확인한 심판이 터프하게 주먹을 들어 올렸다.

이로써 탈삼진 18개째.

뚜벅 뚜벅 내딛은 한정훈의 발걸음이 무등산 폭격기 선동 연이 세운 기록까지 도달했다.

"허……!"

유지헌 코치의 입에서 허탈함이 흘러나왔다.

이건 정말이지…… 중과부적이었다.

이 상황에서 뭘 어떻게 해야 할지 갈피조차 잡히지 않았다.

그때였다.

"유 코치, 대타를 내보내는 게 어때?"

서용인 타격 코치가 넌지시 다가와 말했다.

"대타? 누굴?"

유지헌 코치가 되물었다.

팀 내에서 오지완 다음으로 타격감이 좋은 김훈을 빼고 누굴 내보내자는 말인지 이해가 가지 않는다는 반응이었다.

그러자 서용인 코치가 나직한 목소리로 말했다.

"정우 있잖아."

"정우? 이정우?"

"그래. 정우라면 뭔가 해줄 거야."

용병 엔트리가 확대되면서 백업으로 밀리긴 했지만 이정 우는 작년까지 준주전으로서 활약해 왔다.

이정우 정도라면 대타 카드로서는 손색이 없었다.

게다기 이정우는 맞추는 재주가 탁월했나. 죽너라노 석어도 삼진으로 죽을 것 같지는 않았다.

"오늘 훈이 컨디션이 별로야. 아까 수비 때 실수한 것도 있고. 한정훈한테 벌써 삼진을 두 개나 먹었잖아."

"흠……."

"그러니까 대타 쓰자. 만약에 훈이가 삼진을 당하면 후유증이 오래갈 거 같아."

서용인 코치가 걱정스럽게 말했다.

가뜩이나 약한 트윈스 타선에서 제 몫을 해주는 건 오지완과 김훈, 그리고 루이스 하미네즈 정도였다.

이 상황에서 김훈이 삼진을 당하고 물러난다면 한동안 타격 부진에 빠질 가능성이 높았다.

반면 이정우는 달랐다. 설사 대기록의 희생양이 되더라도 젊은 만큼 김훈보다는 쉽게 이겨낼 터였다. 게다가 한정훈과 사적으로 친한 사이이니 어쩌면 운 좋게 안타를 때려낼지도 몰랐다.

"알았어. 그렇게 하자."

유지헌 코치가 고개를 끄덕였다. 그리고 곧바로 그라운드로 나가 대타를 요청했다.

"하아……."

김훈을 대신해 한정훈의 기록을 끊으라는 중책을 맡은 이정우는 다리가 천근만근 무거웠다.

한정훈이 프로에 데뷔한 이후로 이 같은 상황을 수도 없이 꿈꿔 왔지만 이런 식은 아니었다.

게다가 한정훈 성격에 등 떠밀려 나온 자신을 봐줄 것 같지도 않았다.

아니나 다를까.

"스트라이크!"

"스트라이크!"

"스트라이크, 아웃!"

한정훈은 인정사정 봐주지 않고 패스트볼을 찔러 넣었다.

초구는 몸 쪽을 파고드는 커터.

2구는 바깥쪽으로 흘러나가는 투심 패스트볼.

그리고 3구는 한가운데로 치솟는 159㎞/h의 포심 패스트볼.

그중 아무런 준비도 없이 타석에 들어선 이정우가 건드릴 수 있는 공은 없었다.

세 차례 연속 전력을 다해 헛스윙을 한 뒤 이정우는 홀가분한 기분으로 타석에서 내려왔다.

그렇게 치열했던 경기가 끝이 났다.

최종 스코어 4 대 0.

승리 팀은 안양 스톰즈.

승리투수는 한정훈이었다.

33장
동상이몽

1

"서둘러!"

"어떻게든 포털 메인에 떠야 해!"

스톰즈와 트윈스의 경기가 끝나기가 무섭게 스포츠 관련 신문사들은 잉여 인력을 총동원해 한정훈에 대한 기삿거리를 쏟아냈다.

목표는 주요 포털 사이트 스포츠 메인 화면.

미우나 고우나 한정훈이 작성한 신기록은 그 자체만으로도 의미와 파급력이 남다를 수밖에 없었다.

그러나 애석하게도 포털 사이트의 메인 화면은 일찌감치

최일식이 쓴 기사가 선점한 상태였다.

"역시. 만약을 대비해 상황별로 기사를 써놓길 잘했어."

최일식은 한정훈이 연속 타자 탈삼진 타이기록을 세운 그 순간부터 발 빠르게 움직였다.

상당수의 기자가 그 가능성을 부인한 한 경기 최다 탈삼진을 경신하는 상황까지 염두에 두고 기사 제목과 내용을 뽑아냈다.

덕분에 다른 기자들이 미친 듯이 쏟아내는 기사들을 가볍게 따돌리고 이슈를 선점할 수 있었다.

게다가 최일식 특유의 데이터를 바탕으로 한 기사 내용은 서로의 내용을 복붙 하는 데 익숙한 다른 기자들의 기사와는 수준이 달랐다.

덕분에 야구팬들의 신뢰도도 상당한 편이었다.

ㄴ역시 믿고 보는 최일식. 이게 진짜 기사지.

ㄴ난 기사 클릭하기 전에 기자 이름부터 본다. 최일식이나 한예리, 정동수면 고민 없이 보고 나머지는 일단 고민.

ㄴ맞아. 나도 그럼.

이번에 올린 기사의 반응도 어마어마했다. 잠깐 사이에 달린 댓글만 300여 개.

그중에 최일식의 기사를 칭찬하는 댓글도 심심찮게 눈에

들어왔다.

최일식이 만족스러운 얼굴로 웃었다.

야구 선수는 야구를 잘해야 칭찬받듯 기자는 기사를 잘 써야 칭찬받는다.

당연한 이치이고 결과인데 그걸 간과하는 이들이 너무 많은 게 최일식을 특별하게 만들어주고 있었다.

"그건 그렇고 한정훈, 해도 해도 너무했잖아. 요 예쁜 녀석아!"

해당 경기를 중계한 스포츠 방송사에서 하이라이트 영상을 편집해 올리자 최일식은 냉큼 기사 말미에 링크를 추가했다.

그리고 다시 한 번 영상 속에 빠져들고 감탄했다.

동명고등학교 시절부터 남다르다는 건 알고 있었지만 정말이지 이건 예술이었다.

ㄴ양학이네.

ㄴ맞아. 트윈스잖아. 다이노스나 베어스 상대로 신기록 거두었다면 인정하겠는데 이건 그냥 운이 좋은 듯.

　ㄴ솔직히 아직까진 류현신〉〉한정훈

　ㄴ동감. 류현신〉이대신〉〉한정훈

일부에서는 한정훈의 상대팀이 트윈스라는 사실을 지적하

며 기록을 평가 절히 하려고 했다.

그러나 고작 그 정도 수준의 반박 글로는 야구팬들을 선동하기가 쉽지 않았다.

┗뭐래 이 븅신들은?

┗호날두하고 메시가 약팀 상대로 해트트릭하면 기록 무효냐?

┗류현신도 트윈스 상대로 기록 세운 건데 뭐래?

┗트윈스 팬이냐? 비참한 건 알겠지만 자폭하진 말자.

┗운이 좋은 건 맞지. 14타자 연속 탈삼진이 솔직히 현실에서 가능하기나 한 일이냐?

┗운도 따라줬지만 실력이지 뭔 개솔? 한 경기 아웃 카운트가 27개다. 그중에 절반을 연속해서 삼진으로 잡은 거다. 천운이 따라줘도 실력이 뒷받침되지 않으면 세 타자 연속 삼진으로 잡는 것도 어려워.

한정훈이 운이 좋았다는 건 최일식도 일부 동의했다.

타력이 약한 트윈스가 상대였고 그 트윈스가 연패 중이었다는 점은 확실히 한정훈에게 유리한 상황이었다.

하지만 최일식은 한정훈의 기록 행진이 일어난 시점을 명확하게 짚어볼 필요가 있다고 여겼다.

"그런 수준 있는 댓글이 달릴 때가 됐는데…… 옳지. 여기 있다."

댓글들을 한참 동안 살피던 최일식이 원하는 댓글을 발견하고는 눈을 반짝였다.

ㄴ진짜 무서운 건 한정훈이 미친 듯이 삼진을 잡아대기 시작한 시점이다. 타자들이 데릭 쉴즈 두들겨서 강판시키니까 그때부터 몬스터 모드로 돌변한 거야. 오늘 이 경기는 내가 책임진다고 작심하고 던진 거지. 내일 조시 스펜서부터 시작해 배용수, 강현승, 마크 레이토스로 선발 일정 잡혀 있는데 가뜩이나 비실비실한 불펜들 고생할 거 아냐? 그래서 한정훈이 이 악물고 던진 거다. 그 결과 이 말도 안 되는 대기록이 만들어진 거고. 참고로 지난 스타즈 때도 그랬고 위즈 때도 그랬다. 이번이 처음이 아냐. (추천 11/반대 0)

최일식은 군말 없이 추천 버튼을 눌렀다.

자신이 굳이 첨언할 필요가 없을 만큼 내용적으로나 감성적으로 훌륭한 댓글이었다.

딸깍.

비슷한 시간에 다른 누군가에게도 추천을 받은 듯 해당 댓글은 순식간에 추천 순위 첫 페이지까지 뛰어올랐다.

그러자 해당 댓글에 자극을 받은 기사들이 쏟아지기 시작했다.

[한정훈, 오늘도 에이스 본능! 에이스의 책임감이 대기록 작성으로 이어져!]

[한정훈, 허약한 불펜을 위한 혼신의 역투로 한국 프로 야구의 새로운 역사를 쓰다!]

"짜식들. 진즉 이렇게 쓰면 얼마나 좋아?"

새로 올라온 기사들을 보며 최일식이 피식 웃었다.

발로 뛰며 쓴 기사들과 비교하긴 어렵지만 적어도 뻔한 내용에 이름만 바꿔 넣는 기사들보다 백배 나았다.

"하아, 어쨌든 지금쯤이면 일본이나 미국도 들썩들썩 하겠지?"

최일식이 길게 기지개를 켰다.

국내 야구팬들의 댓글을 살피는 것도 즐거운 일이지만 그래도 진짜 재미는 해외의 반응이었다.

한정훈에게 상당한 관심을 보이는 일본과 미국이라면 이 같은 대기록을 그냥 넘길 것 같지 않았다.

그런 최일식의 예상은 정확했다.

"허……!"

요미다 구단 전략 분석실.

그곳에서 한 사내가 연신 감탄사를 터뜨렸다.

다카하시 요시노.

2016년부터 요미다의 지휘봉을 잡은 젊고 패기 넘치는 감독이었다.

다카하시 요시노는 요미다에서만 18년을 뛰면서 통산 2할 9푼 1리의 타율에 1,753개의 안타, 3,031루타, 321개의 홈런을 기록했다.

그리고 은퇴와 동시에 요미다의 감독으로 선임되어 지난 2년간 팀을 안정적으로 이끌어 왔다.

하지만 중요한 경기를 믿고 맡길 만한 에이스 투수의 부재로 인해 2년 연속 재팬 시리즈 진출에 실패한 상태였다.

그래서 다카하시 요시노는 2년 전부터 쇼타의 영입을 간절히 바랐다.

좌완 투수의 이점에 오타니 쇼헤를 연상시키는 다이내믹한 투구 스타일을 갖춘 쇼타라면 요미다의 에이스가 되어줄 것이라 믿어 의심치 않았다.

하지만 정작 쇼타는 오타니 쇼헤의 뒤를 이어 재팬햄에 입단해 버렸다.

설상가상 팀을 이끌던 용병들이 메이저리그에 복귀하면서 마운드 운영이 더욱 어려워진 상태였다.

올 시즌을 앞두고 다카하시 요시노는 적잖은 부담을 가지고 있었다.

앞선 두 시즌이야 감독 적응기라고 여길 수도 있겠지만 올해부터는 달랐다.

뭔가 성적을 내야 하는 시즌이었다.

그리고 요미다에게 어울릴 만한 성적은 재팬 시리즈 우승밖에 없었다.

그러나 현실은 암울했다. 새로 영입한 용병 투수들은 기대치를 밑돌았다.

꾸준히 선발 기회를 주고 있는 투수들의 성장은 더디기만 했다.

그나마 타력이 뒷받침해 주어서 A클래스의 성적을 유지하고 있지만 지금의 투수력으로는 그 이상 올라서는 게 어려워 보였다.

그때 한국에서 놀라운 소식이 전해졌다.

한국의 슈퍼 루키 한정훈이 탈삼진 관련 대기록을 작성했다는 것이다.

다카하시 요시노는 스트레스를 풀고 싶다는 생각에 해당 동영상을 클릭했다.

그리고 3시간이 지난 지금까지도 영상에서 눈을 떼지 못하고 있었다.

그만큼 한정훈의 투구는 압도적이었다.

일본과 한국 리그의 수준 차이를 감안하더라도 마찬가지였다.

마음 같아선 당장 요미다의 에이스로 마운드에 세우고 싶은 심정이었다.

그때였다.

"요시노 감독님, 아직까지 그러고 계세요?"

저녁을 먹고 돌아온 전략 분석팀장이 어색하게 웃으며 다가왔다.

"이런, 잠깐만 보려고 했는데 벌써 시간이 이렇게 되어버렸네요."

뒤늦게 시간을 확인한 다카하시 요시노가 뒷머리를 긁적거렸다.

요미다라는 일본을 대표하는 명문팀의 감독이 고작 한국의 신인 투수의 피칭에 빠져 시간 가는 줄 몰랐다는 게 멋쩍기만 했다.

그러나 전략 분석팀장은 충분히 이해한다는 반응이었다.

"괜찮습니다. 더 보셔도 됩니다. 그리고 한정훈의 투구에 놀란 건 요시노 감독님만이 아닙니다."

"그게 무슨 말입니까?"

"다른 팀 관계자들과도 이야기를 나눴는데 거의 대부분의 감독이 요시노 감독님처럼 한정훈의 동영상을 몇 번이고 돌려봤다고 합니다."

전략 분석팀장이 우스갯소리처럼 소문을 늘어놓았다.

하지만 정작 다카하시 요시노는 그 말에 따라 웃을 수가 없었다.

다른 팀 감독들조차 한정훈의 동영상에 빠져 있다고 한다.

그건 그들 역시 한정훈을 노리고 있다는 방증이었다.

오타니 쇼헤를 비롯한 에이스급 투수들이 해마다 메이저 리그에 진출하면서 일본 야구는 에이스 투수 기근에 시달리고 있었다.

실제로 각종 투수 부분 상위권에 랭크된 선수들의 기량이 매년 저하되는 추세였다.

오타니 쇼헤 같은 투수가 각 팀에 한 명씩은 나와 줘야 할 텐데 실상은 리그 전체를 통틀어도 두세 명에 불과한 수준이었다.

게다가 그들 대부분이 메이저리그를 노리고 있었다.

이런 상황에서 한국의 한정훈은 에이스가 필요한 팀에게 확실히 좋은 대안이 될 수 있었다.

인지도는 일본 선수들만 못하지만 실력만큼은 국제 대회를 통해 최소한의 검증이 끝난 상태였다.

실제로 올해 데뷔한 쇼타도 2선발로 활약하고 있는데 쇼타보다 낫다는 평가를 받은 한정훈이 그보다 못할 것 같지도 않았다.

그래서 다카하시 요시노는 기회를 봐서 한정훈의 영입을 구단 측에 요구할 생각이었다.

완전 영입이 어렵다면 메이저리그 진출 전까지 임대도 나쁘지 않았다.

선수 본인의 입장에서도 한국 리그보다는 일본 리그에서

경험을 쌓는 게 메이저리그에서 적응하는 데 더 유리할 터.

선수에게 적당히 자존심만 세워준다면 가능성은 충분하다고 판단했다.

그런데 그런 생각을 가진 게 다카하시 요시노만이 아닌 모양이었다.

"하아, 포기해야 할까요."

다카하시 요시노가 혼잣말처럼 중얼거렸다.

윗선에서 결정만 내려준다면 어렵지 않게 요미다로 데려올 수 있을 줄 알았는데 현실을 알고 보니 그것도 쉽지 않을 것 같았다.

그러자 전략 분석팀장이 단호한 목소리로 말했다.

"한정훈이 일본 리그로 오는 일은 없을 것 같으니 포기하세요."

오로지 해당 선수의 실력만 보는 일선 지도자들과는 달리 전략 분석원들은 보다 많은 것을 들여다보는 편이었다.

전략 분석팀장 역시 마찬가지. 올해 아시안 게임을 앞둔 상황에서 한정훈이 무리하게 일본 리그 진출을 추진할 일은 없다고 판단했다.

하지만 또다시 한정훈의 투구 영상에 빠져든 다카하시 요시노는 미련이 남는 모양이었다.

"하아, 귀화라도 시킬 수 있으면 좋으련만……."

혼잣말처럼 중얼거린 말이 전략 분석팀장을 피식 웃게 만들었디.

　같은 시각.

　LA의 모처에서도 비슷한 이야기가 흘러나오고 있었다.

　"한정훈은 진짜입니다. 우리가 머뭇거렸다간 양키즈나 레드삭스에서 채갈 겁니다."

　스카우트 팀장 로건 하이트가 핏발까지 세우며 목소리를 높았다.

　그만큼 그는 흥분하고 있었다. 한정훈이 지난밤에 보여준 경이로운 피칭에 말이다.

　그러나 사장인 앤디 프리드먼은 시큰둥한 반응이었다.

　"한정훈 선수가 좋은 선수인 것만은 분명한 사실입니다. 하지만 요즘 떠들어 대는 그의 몸값은 솔직히 과하잖아요? 그 말도 안 되는 경쟁에 우리 다저스까지 끼어들어야 합니까?"

　"앤디!"

　"그러니까 로건, 진정 좀 해요. 한정훈 선수를 영입하지 않는다고 우리 다저스에 큰일이 생기는 것도 아니니까요."

　앤디 프리드먼이 실실 웃으며 로건 하이트를 달랬다. 그러나 로건 하이트는 진정이 되지 않았다.

　농담처럼 내뱉은 앤디 프리드먼의 말 속에 숨은 진심을 느꼈기 때문이다.

　한정훈을 영입하지 않아도 다저스는 상관없다.

　그 말은 한정훈을 영입할 마음이 없다는 소리나 마찬가지였다.

"그린, 뭐라고 말 좀 해 줘요."

로건 하이트가 답답하다는 얼굴로 옆쪽의 사내를 바라봤다. 그러자 앤디 프리드먼도 잘됐다며 사내에게 눈을 돌렸다.

"좋아요, 그린. 그린의 생각은 어때요? 한정훈이 당신처럼 위대한 투수가 될 재목인가요?"

앤디 프리드먼의 도발적인 질문에 막 입을 열려던 사내, 그린 매덕스의 눈매가 굳어졌다.

지금은 비록 앤디 프리드먼의 특별 보좌관이 되어 그의 질문을 받는 처지가 됐지만 그린 매덕스는 메이저리그의 살아 있는 전설이었다.

총 23시즌을 보내며 사이영상을 4년 연속으로 차지하고 18년 연속으로 골든 글러브를 수상했으며 300승−3,000탈삼진 클럽(355승, 3,371탈삼진)에 가입해 은퇴 후 명예의 전당까지 헌액된 위대한 투수였다.

메이저리그에 수많은 투수가 나타났다 사라졌지만 그들 중 그린 매덕스의 커리어에 비견될 만한 투수는 손에 꼽힐 정도였다.

그리고 그들 모두가 한 시대를 풍미한 투수로 평가받고 있었다.

그런데 메이저리그도 아니고 한국이라는 작은 나라에서 데뷔한 신인 투수와 그린 매덕스의 재능을 견주다니.

그건 그린 매덕스에게 모욕이나 마찬가지였다. 낭연히 그의 입에서 좋은 이야기가 나올 리 없었다.

"그린, 말해봐요. 당신 말이라면 내가 100퍼센트 신뢰하니까."

달변가 앤디 프리드먼이 짓궂게 그린 매덕스를 재촉했다.

그린 매덕스가 조금이라도 부정적인 의견을 보인다면 그걸 핑계로 한정훈에 대한 소모적인 논쟁을 끝낼 생각이었다.

그러자 그린 매덕스가 조심스럽게 입을 열었다.

"한정훈이 나처럼 23년간 메이저리그에서 뛸 수 있을지는 장담하기 어렵습니다."

"역시 그렇죠? 동양인 투수의 한계는 명확하니까요."

앤디 프리드먼이 그럴 줄 알았다며 히죽 웃어 보였다.

이런 대답을 위해서 일부러 자존심 강한 그린 매덕스와 한정훈을 비교한 것이었다.

하지만 그린 매덕스의 말은 아직 끝난 게 아니었다.

"하지만 만약 내게 한정훈만큼의 재능이 있었다면 사이 영의 기록까진 몰라도 월터 존슨보다 많은 승수를 거둘 수 있었다고 확신합니다."

"역시!"

조마조마한 얼굴로 그린 매덕스를 바라보던 로건 하이트가 반색하며 자신의 무릎을 때렸다.

그린 매덕스라면 한정훈을 제대로 평가해 줄 거라 기대했는데 자신의 판단이 틀리지 않은 것이다.

반면 앤디 프리드먼은 불신에 가득 찬 얼굴로 그린 매덕스를 바라봤다.

다른 이도 아니고 메이저리그 명예의 전당에 이름을 올린 전설적인 투수가 고작 아시아인 투수의 재능을 부러워한다는 사실이 이해가 가지 않는 것이다.

"대체 한정훈이 당신보다 나은 게 뭔가요?"

앤디 프리드먼이 못마땅한 목소리로 물었다.

그가 보기에 한정훈이 그린 매덕스보다 나은 건 빠르기만 한, 메이저리그에서 통할지 장담하기 어려운 패스트볼밖에 없었다.

반면 다른 부분은 그린 매덕스가 압도적으로 뛰어났다.

컴퓨터 같은 제구, 명품 투심 패스트볼, 타자들을 승부하는 노하우, 야구 지능, 자기 관리, 인성, 무엇보다 강철 같은 하드웨어까지.

한정훈을 높이 평가하고 싶다고 해서 위대한 투수가 스스로를 깎아내리는 건 용납하기 어려웠다.

그러나 그린 매덕스도 빈말로 한정훈을 칭찬한 게 아니었다.

"한정훈은 재능이 뛰어난 투수입니다."

"100마일짜리 포심 하나 때문에요?"

"물론 한정훈의 공은 좋습니다. 어제 경기 영상을 보니 커터와 부심노 수순급이너군요. 하시반 나는 한성훈의 공을 보고 그를 평가한 게 아닙니다."

"그럼 뭡니까, 대체?"

"한정훈은…… 진짜 투수입니다."

"……뭐라고요?"

"그는 나 같은, 아니, 어쩌면 나보다 더 대단한 커리어를 세울지도 모르는 진짜 투수라고요."

그린 매덕스도 로건 하이트처럼 진짜라는 표현을 썼다. 그러나 그 의미는 사뭇 달랐다.

로건 하이트는 다저스의 핵심 선수가 될 만한 이들에게 진짜라는 표현을 썼다.

그리고 그건 그가 사용하는 수많은 형용어구 중 최상급 극찬이었다.

현 다저스 선수 중 클레이튼 커셔만이 일찌감치 진짜라는 표현을 들었을 정도였다.

그린 매덕스도 최고의 극찬의 의미로 한정훈을 진짜 투수라고 말했다.

그러나 그 속에는 은퇴한 자신의 속을 부글부글 끓게 만드는 강렬한 질투심이 포함되어 있었다.

어째서 자신과 한정훈을 다른 시대에 뛰게 만들었는지 하늘이 원망스러울 만큼 말이다.

아직 젊지만 한정훈은 그런 부류의 투수였다.

메이저리그 레전드조차 가슴을 뛰게 하는 투수.

단순한 승리, 그 이상의 무언가를 이뤄내는 투수.

그리고 역대급 재능을 보유했던 투수들이 그러했던 것처럼 머잖아 끝이 없는 자신과의 싸움을 시작해야 하는 투수.

한정훈의 피칭을 보고 있자면 무엇 하나 부족함이 느껴지지 않았다.

한정훈의 나이를 감안하면 놀랍다 못해 소름이 돋을 지경이었다.

그래서 그린 매덕스는 자신보다 일찍 재능을 꽃피운 한정훈이 진심으로 부러웠다.

만약 자신이 한정훈처럼 조금 더 일찍 야구에 눈을 떴다면 월터 존슨이 세운 417승은 충분히 경신할 수 있을 것 같았다.

"하아……."

복잡한 얼굴로 그린 매덕스를 바라보던 앤디 프리드먼이 이내 고개를 흔들어 댔다.

그는 아직도 그린 매덕스가 진심으로 한정훈을 높게 평가하고 있다고 생각하지 않았다.

그저 한정훈이 세운 대기록 때문에 그린 매덕스의 판단력이 흐트러진 것뿐이라고 여겼다.

물론 앤디 프리드먼도 한정훈에 대해 관심은 있었다.

단, 그 관심이란 적정 금액에 한정훈을 데려올 수 있을 때나 유효한 것이었다.

현재 빅 마켓 구난에서는 한성훈이 메이저리그에 진출할 시점의 최소 몸값으로 포스팅 비용 포함 2억 달러를 예상하고 있었다.

올 시즌 포스팅 시스템을 통해 메이저리그에 데뷔한 오타니 쇼헤와 비슷한 수준의 금액이었다.

앤디 프리드먼은 개인적으로 오타니 쇼헤도 거품이 심하게 꼈다고 여겼다.

양키즈가 다나카 마스히로에 1억 7,500만 달러를 안겨주면서 오타니 쇼헤가 반사 이익을 톡톡히 누렸다고 판단했다.

그런 점에서 동양인 투수들의 계약 기준은 마에다 켄타가 되어야 한다고 생각했다.

2016년, 앤디 프리드먼은 8년간 2,500만 달러의 조건으로 마에다 켄타에게 다저스 유니폼을 입혔다.

연평균 300만 달러 수준. 포스팅 비용을 포함하더라도 600만 달러가 넘지 않았다.

마에다 켄타도 계약 조건에 불만을 갖지 않았다. 매년 인센티브로 최대 1,200만 달러까지 챙겨갈 수 있는 옵션 계약을 추가했기 때문이다.

선수가 잘 던지면 팀 성적이 좋아진다. 그럼 구단에서도 아낌없이 돈을 내놓을 수 있다.

이것이 앤디 프리드먼이 다저스를 이끄는 원칙이었다.

불확실한 미래 가치를 판단해 거금을 쓰고 전전긍긍하는

건 바보짓이라고 여겼다.

물론 언론들은 일본에서 8년간 97승을 거둔 마에다 켄타가 충분히 검증된 투수라고 말했다.

그러나 정작 2016년, 마에다 켄타는 고전을 면치 못했다.

25경기에 나와 9승 10패, 평균 자책점 3.72.

딱 몸값 수준의 활약만 보여주었다.

2017년 성적도 크게 나아지지 않았다.

11승 10패, 평균 자책점 3.66.

계약 조건에 따라 인센티브가 조금 더 지출됐지만 다나카 마스히로나 오타니 쇼헤에게 수억 달러를 안겨 준 양키즈와 매리너스의 잠재적 손실에 비할 바 아니었다.

하물며 일본도 아닌, 한국 무대에 갓 데뷔한 한정훈에게 2억 달러라는 거금을 쓰고 싶은 마음은 눈곱만큼도 없었다.

"그래서 한정훈의 가치를 대체 어느 정도라고 생각하는 겁니까?"

앤디 프리드먼이 다시 입을 열었다.

한정훈의 몸값으로 다들 얼마를 생각하고 있는지 한번 들어나 보고 싶었다.

그러자 로건 하이트가 가장 먼저 입을 열었다.

"포스팅 비용 제외 1억2천만 달러."

"1억2천만이요?"

예상보다 낮은 금액에 앤디 프리드먼이 의외라는 반응을

보였다. 그러니 로긴 히이트의 말은 이직 끝난 게 아니었다.

"단 계약 기간은 최대 5년, 3년째 옵트 아웃 조건 포함입니다."

"허……!"

앤디 프리드먼이 헛웃음을 흘렸다.

5년 계약에 1억2천만이라니. 헛소리도 이런 헛소리가 없었다.

거기다 얼마나 뛰어오를지 모를 포스팅 비용은 별개라고 한다.

메이저리그 사무국과 한국 야구 협회가 포스팅 시스템을 손질하고는 있지만 한정훈이 메이저리그에 오기 전까지 개정되지 않는다면 어림잡아 3천만 달러 이상의 비용을 써야 할 터.

그렇게만 계산해도 1년에 평균 3천만 달러다.

"그린, 당신도 로건의 의견에 동의하는 겁니까?"

앤디 프리드먼이 그린 매덕스를 바라봤다.

그린 매덕스는 대답 대신 침묵을 선택했다. 그러나 그의 침묵이 긍정의 의미라는 걸 앤디 프리드먼은 모르지 않았다.

"라몬! 당신은 어때요?"

앤디 프리드먼이 또 다른 특별 보좌관 라몬 이바네스를 바라봤다.

은퇴 후 곧장 다저스에 합류한 그라면 조금 더 현실적이고 냉정한 가치 판단을 내려줄 것이라 기대했다.

그러나 라몬 이바네스도 대세를 거스를 생각은 없었다.

"한정훈을 영입할 수 있다면 내 연봉을 전부 그에게 줘도 좋습니다."

"……?"

"단, 우승하면 우승 보너스를 3배로 주십시오."

"허……!"

라몬 이바네스가 애슬레틱스의 사장 빌릿 빈을 흉내 내듯 말했다.

그만큼 라몬 이바네스는 한정훈이 메이저리그에서 성공할 것이라는 확신을 가지고 있었다.

"하아, 알겠습니다. 좀 더 생각해 보죠."

결국 지칠 대로 지쳐 버린 앤디 프리드먼이 고개를 흔들어 댔다.

이렇게 된 이상 한정훈이 한국에서 부진하기를 바라는 수밖에 없을 것 같았다.

그러나 머뭇거리는 앤디 프리드먼과는 달리 경쟁 구단들은 한정훈이 세운 대기록에 대해 찬사를 아끼지 않고 있었다.

양키즈 전설, 데이브 지터는 지역 언론과의 인터뷰에서 한정훈이 스트라이프 유니폼을 입는 상상만 해도 온몸에 전율이 돈다며 기대감을 감추지 않았다.

앤디 패티트도 한정훈은 새로운 양키즈 왕조를 일으킬 재묶이라며 양키즈가 정상을 노린다면 한정훈을 절대 놓쳐서는 안 된다고 충고했다.

일본인 투수 다나카 마스히로도 일본 언론과의 인터뷰에서 한정훈, 쇼타와 함께 아시안 트로이카를 형성하고 싶다는 기대감을 드러냈다.

그는 선발 순서를 정해 달라는 기자의 요구에 아직까진 자신이 경험 면에서 한 수 위지만 한정훈이 한국 프로 야구를 3-4년 정도 겪고 메이저리그에 온다면 에이스 자리를 양보해야 할 것 같다며 웃어 보였다.

레드삭스의 영원한 캡틴 제이크 베리택은 한정훈이 레드삭스에 온다면 은퇴를 번복하고 네 번째 노히트 노런 경기를 만들겠다며 엄지손가락을 추켜세웠다.

보스턴에서 7시즌을 뛰며 영구결번이 된 페디 마르티네즈도 한정훈의 터프한 피칭이 자신을 보는 것 같다며 꼭 빨간 양말을 신어 달라고 말했다.

가장 적극적으로 한정훈을 노리던 양키즈와 레드삭스가 포문을 열자 레인저스, 컵스, 메츠 등 구매력을 갖춘 구단들도 한정훈에 대한 러브콜을 보냈다.

한국인 메이저리거가 뛰고 있는 구단들은 그들을 적극 활용했다.

친숙한 한국어로 한정훈과 함께하고 싶다는 멘트를 따서 홈페이지에 싣기까지 했다.

세계 청소년 야구 선수권 대회 이후로 잠시 숨을 고르던 메이저리그에 또다시 한정훈 열풍이 불었다.

그러자 국내에서도 대승적인 차원에서 한정훈을 메이저리그로 보내야 하는 게 아니냐는 의견들이 나왔다.

3

ㄴ한정훈 정도면 올해까지만 뛰고 메이저리그 가도 충분할 듯.

ㄴ맞아. 솔직히 클래스가 다르지 않냐?

ㄴ클래스는 뭔 놈의 클래스? 프로 데뷔한 지 이제 두 달째다. 호들갑 좀 작작 떨어라.

ㄴ호들갑이라니? 너 한정훈이 무슨 기록 세웠는지 알기나하냐?

ㄴ내가 한정훈을 좋아하진 않지만 한정훈이 탈크보급인건 사실이지.

ㄴ한정훈, 양학 그만하고 수준에 맞게 놀아라.

호불호를 떠나 한정훈의 실력만큼은 야구팬들도 인정하는 분위기였다.

그 실력이 언제까지 유지될지에 대한 논쟁은 있지만 한정훈이 거품이라는 소리는 더 이상 찾아보기 어려웠다.

14타자 연속 탈삼진과 한 경기 19탈삼진.

한국 프로 야구사에 한 획을 그은 대기록을 한 경기에 세웠는데 실력이 부족하다며 억지로 깎아내리는 것도 쉽지 않은 일이었다.

오히려 적잖은 야구팬은 한정훈과 메이저리거 류현신의 상황을 비슷하게 바라봤다.

└한정훈 보면 우리 현신이 생각나요.

└맞아. 다른 팀 팬들이 현신이 보고 불쌍하다고 했을 때 뭔 개솔인가 했는데 한정훈 보니까 그 심정이 조금은 이해가 감.

└그런데 까놓고 말해서 류현신보다 한정훈이 더 불쌍한 거 아니냐?

└솔까 그렇지. 스톰즈 타율 봐라. 진짜 암울하다.

└그것도 용병들하고 중심 타선에서 어느 정도 해주니까 그 정도지. 하위 타선 봐라. 암 걸릴 거 같다.

└뭔 소리야. 얻다 대고 한정훈을 가져다 대? 현신이는 신인 때부터 소년 가장이었거든?

└한정훈도 소년 가장이지. 설마 소녀 가장이겠냐?

└마크 레이토스하고 테너 제이슨이 있는데 왜 한정훈이 소년 가장이냐?

└류현신 데뷔했을 때 정인철하고 문동한은 놀았냐?

ㄴ맞아 이글스는 그때 코시라도 갔지.

ㄴ지금 상황에서 스톰즈가 코시 가려면 한정훈이 이틀에 한 번씩 선발로 나와야 할 거다.

다저스에서 맹활약 중인 류현신은 데뷔 첫해에 평균 자책점(2.23)과 다승(18승), 탈삼진(204개) 부분 1위를 석권하며 트리플 크라운을 작성해 신인왕과 MVP를 동시에 차지했다.

우승팀 선수 중에서 MVP가 나오는 경우가 대부분이었지만 류현신은 팀 프리미엄이라는 말이 무색할 정도의 압도적인 성적으로 최우수 선수의 영예를 손에 넣었다.

그러나 영광의 순간은 오래가지 않았다.

이후 주축 선수들이 이탈하고 이글스가 쇠락기를 걸으며 류현신은 힘든 프로 생활을 이어 나가야 했다.

오죽하면 타 팀의 야구팬들조차 불쌍해서 못 봐주겠다며 류현신의 메이저리그 진출을 기원할 정도였다.

아직 시즌 초반이지만 야구팬들은 한정훈에게서 류현신의 모습을 보았다.

스톰즈가 다이노스처럼 급속도로 성장해 준다면 그나마 다행이겠지만 그 반대일 가능성도 배제할 수 없었다.

다이노스가 아니라 위즈처럼 몇 년 째 하위권을 전전하게 된다면 결국 류현신처럼 한정훈 혼자 팀을 책임지는 일이 벌어질 게 뻔했다.

이런 상황에서 한정훈이 계속 스톰즈에 남아 있는 건 재능 낭비라는 지적이 끊이질 않았다.

영향력 있는 야구 지도자들조차 국위선양을 위해 한정훈을 일찍 해외로 보내야 한다고 목소리를 낼 정도였다.

"하아…… 이거 사방에서 난리네요."

하루도 빠지지 않고 이어지는 해외 진출 종용 기사들을 보며 박찬영 대표가 고개를 흔들었다.

정작 에이전시인 베이스 볼 61과 당사자인 한정훈은 계획이 없는데 주변에서 자꾸 들쑤시는 분위기였다.

"한정훈 선수 때문에 스톰즈가 확 살아날 거 같으니까 이런 식으로 초를 치려나 봅니다."

박현수 단장이 씁쓸하게 웃었다. 물론 대부분의 야구팬들은 한정훈의 메이저리그 진출을 진심으로 바라는 눈치였다.

심지어 스톰즈 팬들조차 올해가 한정훈을 국내에서 볼 수 있는 마지막 해일지도 모른다고 여길 정도였다.

하지만 설사 스톰즈 구단에서 대승적인 차원의 해외 진출 방법을 모색한다 하더라도 지금은 아니었다.

아직 5월이다. 시즌이 끝나려면 4개월이 더 남아 있었다.

그 사실을 언론들이 모를 리 없었다. 그럼에도 계속해서 여론을 조장하는 이유는 간단했다.

한정훈 흔들기.

꿈이라 여겼던 메이저리그 진출이 가시화되는 시점에서 심리적으로 흔들리지 않을 선수는 드물었다.

평정심을 유지하려 해도 메이저리그 스카우터들이 보고 있다는 사실을 알게 되면 잘해야 한다는 강박감에 사로잡힐 수밖에 없었다.

"한정훈 선수는 별말 없던가요?"

박현수 단장이 조심스럽게 물었다.

한정훈이 나이에 비해 단단하긴 했지만 외풍에 흔들리지 말라는 법은 없었다.

구단 내부적으로는 한정훈이 국가 대표로 활약할 수 있는 기회를 최대한 보장하며 3~4년 이내에 메이저리그 진출이 가능하도록 지원해 주겠다는 원칙을 세운 상태였다.

그리고 그 원칙에 한정훈과 박찬영 대표도 충분히 공감하고 있었다.

하지만 주변에서 이런 식으로 흔들어버리면 선수의 기분도 싱숭생숭해질 수밖에 없었다.

그러자 박찬영 대표가 대수롭지 않게 웃어 보였다.

"그렇지 않아도 한정훈 선수와 자주 통화를 합니다만 메이저리그 진출에 대해서는 시기상조라고 생각하는 것 같았습니다."

"그래요?"

박현수 단장이 살짝 안도하는 기색을 보였다.

아닐 거리 예상은 했지만 박찬영 내표가 직접 입으로 확인해 주니 마음이 한결 가벼워지는 기분이었다.

"네, 그리고 일단 군대 문제가 있으니까요."

박찬영 대표가 슬그머니 화제를 전환했다.

한정훈이 해외 무대로 진출하는 데 있어 가장 큰 걸림돌은 다름 아닌 군복무 문제였다.

그 문제를 사전에 해결하지 못한다면 설사 메이저리그에서 뛴다고 해도 운신의 폭이 좁아질 수밖에 없었다.

"그 문제라면 걱정하지 마십시오."

그러자 이번에는 박현수 단장이 씩 웃어 보였다.

스톰즈가 한정훈을 영입할 때 최우선 조건으로 내세웠던 건 다름 아닌 자카르타 아시안 게임 선발 보장이었다.

그리고 한정훈은 현재까지 자력으로 아시안 게임 대표팀에 합류할 자격을 갖췄음을 입증해 보였다.

아직 시즌 초반인 만큼 벌써부터 아시안 게임에 대해 논하는 건 이른 일이겠지만 만약 지금 당장 엔트리를 구성한다 하더라도 한정훈이 배제될 가능성은 희박했다.

요즘처럼 사방에서 메이저리그로 보내지 못해 안달이라면 아마 대중들의 시선 때문에라도 가장 먼저 한정훈을 뽑을지 몰랐다.

"그래도 스톰즈에 젊고 능력 있는 선수가 많아서 걱정이 됩니다."

박찬영 대표가 우려 섞인 목소리로 말했다.

스톰즈에는 한정훈의 동기가 많았다. 그리고 그중 상당수가 1군에서 활약하고 있었다.

만약 한정훈이 신생팀이 아니라 기존 구단에 입단했다면 아마 홀로 두각을 드러냈을 가능성이 높았다.

하지만 지금 스톰즈에는 한정훈 이외에도 아시안 게임을 노려볼 만한 선수들이 적잖았다.

5개의 홈런을 때려내며 존재감을 과시하고 있는 황철민.

데뷔 첫해부터 주전 포수로 활약하고 있는 박기완.

8세이브를 올리며 팀의 뒷문을 책임지는 이승민.

선발 등판이 불규칙하긴 하지만 그래도 제 몫을 해낸다는 평가를 받는 6선발 강현승.

스톰즈 팬들은 이들 넷에 한정훈을 더해 스톰저스라는 애칭을 붙여주었다.

그리고 한정훈 못지않은 애정과 관심을 보여주었다.

이런 상황에서 한정훈이 홀로 아시안 게임 대표로 선발된다면 나머지 네 선수들이 상대적으로 박탈감을 느낄 수밖에 없었다.

그러나 박현수 단장은 염려하지 않아도 된다는 반응이었다.

"대표성이나 실력 면에서 한정훈 선수가 아시안 게임에 출전해야 한다는 사실에 다들 이의는 없을 겁니다. 그리고 선수들과 계약을 할 때 국제 대회 차출 시 개인 성적을 최우선으로 하겠다고 약속을 해놓았습니다. 약속대로 성적으로 한정훈 선수를 앞지른다면 또 모르겠지만 그렇지 않다면 오히려 한정훈 선수가 빨리 군복무 혜택을 받길 바랄지도 모릅니다."

황철민과 박기완, 이승민, 강현승은 우선 지명을 받고 스톰즈에 입단한 선수들이었다.

하나같이 팀의 주축 선수가 되길 희망하며 박현수 단장이 직접 선발했다.

그러나 그들의 가치가 특별 지명을 받은 한정훈과 같을 수는 없었다.

계약 전 한정훈은 특별 대우를 받을 만한 실력을 뽐냈다.

그리고 프로에 들어와 지금까지 한정훈은 박현수 단장의 기대에 단 한 번도 실망을 안겨준 적이 없었다.

물론 일부에서는 한정훈이 아니라 구단에 충성할 젊은 선수들에게 기회를 주는 게 낫다는 말들이 나도는 게 사실이었다.

길어야 4년을 뛸 한정훈보다 최소 8년을 책임져 줄 이승민이나 강현승을 미는 게 구단의 미래를 위해서라도 이득이라는 것이다.

하지만 박현수 단장의 생각은 달랐다.

설사 한정훈이 오랜 시간 스톰즈에서 뛰지 못할 거라 하더라도 판단을 번복할 마음은 없었다.

한정훈의 아시안 게임 출전은 선수에게만 이로운 게 아니었다. 선수와 구단 모두가 윈-윈 하는 길이었다.

슈퍼 루키라 불리는 한정훈이 아시안 게임 대표팀에 승선하기 위해서는 지금처럼 좋은 모습을 계속해서 유지할 필요가 있었다.

구단에서 밀어줄 수도 있겠지만 그보다는 실력으로 한 자리를 차지하는 게 모두를 위해서 좋았다.

아시안 게임을 목표로 한정훈이 지금처럼 활약해 준다면 자연스럽게 스톰즈는 더 많은 승리를 챙기게 될 것이다.

그러다 보면 순위 경쟁력을 갖추게 될 터.

다소 이르긴 하지만 어쩌면 프로 데뷔 첫 시즌부터 포스트 시즌을 노리게 될지도 몰랐다.

그뿐만이 아니다. 한정훈이 좋은 경기력을 유지하며 세운 기록들은 스톰즈의 입지를 다지는 데 큰 도움이 될 터였다.

실제로 한정훈은 데뷔전 최연소 완투, 완봉승을 시작으로 연속 타자 탈삼진 신기록과 한 경기 최다 탈삼진 신기록까지 수립하며 한국 프로 야구 역사를 새롭게 썼다.

그리고 그런 한정훈의 이름 옆에는 스톰즈라는 구단명이 함께 자리하고 있었다.

창단한 지 1년도 안 된 구단이 말이다.

벌써부터 드래프트를 앞둔 선수들 사이에서는 스톰즈와

스타즈의 위상차가 상당했다.

한정훈이라는 걸출한 신인을 보유하며 성적을 내는 스톰즈.

반면 한정훈을 빼앗기고 고전을 면치 못하는 스타즈.

자신들이 최소 8년 이상 머물러야 하는 구단이라면 누구라도 스타즈보다 스톰즈를 선호할 수밖에 없었다.

예비 신인 선수들뿐만 아니다. FA를 앞둔 선수들도 스톰즈를 다시 보고 있었다.

내년, 내후년. 한정훈이 마운드를 지키는 동안 차근차근 전력을 보강한다면 박현수 단장이 목표로 했던 한국 시리즈도 불가능할 것 같지 않았다.

이 모든 게 한정훈이 아시안 게임이라는 목표를 두고 최선을 다해 준 결과였다.

그런데 이제 와 한정훈이 아니라 다른 선수에게 기회를 주라니?

그건 스톰즈보고 알아서 좌초하라는 저주나 마찬가지였다.

"다른 말씀 안 드리겠습니다. 계약서에 명시된 내용은 꼭 지키겠습니다. 그건 제 신의가 달린 문제니까요."

박현수 단장이 아시안 게임 출전은 걱정하지 말라며 확답을 주었다.

박찬영 대표는 그 사실을 한정훈에게 일러주었다.

"그래요?"

한정훈은 무덤덤하게 고개를 끄덕거렸다.

솔직히 말하자면 새삼스러울 게 없는 이야기였다. 본래의 계약 조건을 재확인한 것뿐이었다.

하지만 박현수 단장의 마음 씀씀이만큼은 확실히 고마웠다.

만약 다른 팀 단장 같았다면 마음이 콩밭에 가 있는 신인에게 아시안 게임이라는 당근을 쉽게 내주려 하지 않았을 것이다.

한두 푼도 아니고 30억이나 되는 계약금을 안겨줬으니 중간중간에 채찍질도 해대며 어떻게든 팀을 위해 헌신하도록 만들었을 것이다.

그러나 박현수 단장은 그런 갑질과는 거리가 먼 사람이었다.

한정훈을 대할 때도 철저하게 신의로써 대했다. 그리고 그 믿음을 먼저 지키려고 노력했다.

덕분에 한정훈도 슈퍼 루키라는 부담감에서 벗어나 지금껏 편하게 야구를 할 수 있었다.

메이저리그 진출 논란으로 인해 한창 시끄러운 상황에서도 박현수 단장은 아시안 게임 승선에 대한 건 자신이 책임지겠다고 먼저 말했다.

그러면서 열심히 하라는 요구 조건조차 내세우지 않았다.

물론 현재까지의 경기 결과만 놓고 보자면 한정훈의 대표팀 승선은 떼놓은 당상이나 마찬가지였다.

선발투수로서 경쟁할 수 있는 모든 부분에서 전체 리그 1위를 독주하고 있으니 한정훈을 빼놓고 자카르타에 간다는 건 있을 수 없는 일이었다.

하지만 남은 경기를 성적에 대한 큰 부담 없이 페이스 조절을 하면서 임하는 것과 막대한 부담을 가지고 무리하며 치러 나가는 건 어마어마한 차이가 있었다.

'오는 게 있으면 가는 것도 있어야지.'

한정훈이 기분 좋게 마운드에 올랐다. 상대 팀은 서울 베어스. 장소는 안양 스톰즈 파크였다.

2

—한정훈 선수, 대기록을 세운 지 일주일 만의 선발 등판이네요.

—네, 공교롭게도 상대가 베어스죠?

—한정훈 선수가 4월에 5경기에서 4승을 거두었는데 유일하게 승리를 챙기지 못한 경기가 4월 14일 베어스전이었습니다.

—한정훈 선수 입장에서는 무척이나 아쉬운 경기였던 걸로 기억하는데요.

−그때는 비가 와서 그라운드 사정도 엉망이었고 날씨도 많이 쌀쌀했죠. 한정훈 선수의 경기 컨디션도 썩 좋지 않았고요. 7이닝 동안 3실점을 했는데 묘하게 타이밍이 맞아 떨어진다는 느낌이었어요.

　−프로에 데뷔한 지 얼마 되지 않아서 우천 경기가 익숙하지 않았던 게 아닐까요?

　−제 생각도 비슷합니다. 베어스의 타력이 워낙 막강하기도 하니까요. 하지만 오늘은 아마 경기 양상이 좀 다르지 않을까 싶습니다.

　−아무래도 홈경기고 날씨도 많이 풀렸죠?

　−그렇습니다. 홈경기에서 강한 한정훈이고, 최근 들어 점점 구속이 올라오고 있으니 베어스 선수들도 4월의 한정훈이라고 생각하고 경기에 임했다간 낭패를 볼 가능성이 큽니다.

　−변수가 있다면 어떤 게 있을까요?

　−한정훈 선수가 얼마만큼 마음을 비우느냐는 것이겠죠.

　−아무래도 지난 경기의 영향이 좀 있다는 말씀이시죠?

　−네, 퍼펙트게임이나 노히트 노런 같은 대기록을 세운 후 무너지는 투수들이 종종 있으니까요. 게다가 벌써부터 메이저리그 진출에 대한 이야기들이 쏟아지고 있으니 한정훈 선수도 심적인 부담감을 느끼고 있을지 모릅니다.

　이용헌 해설위원은 자신이 아끼는 한정훈이 혹시라도 부

진한 모습을 보일까 봐 시전에 핑곗거리를 잔뜩 풀어놓았나.

오죽했으면 방송 채팅창에 이용헌 해설위원이 한정훈을 향해 디버프를 퍼붓고 있다는 우스갯소리가 나돌 정도였다.

하지만 정작 한정훈은 지난 트윈스전보다 더욱 위력적인 공을 선보이며 베어스 타자들을 요리했다.

3회까지 피안타 없이 삼진만 6개.

지난 맞대결에서 고전한 게 맞나 싶을 정도의 호투였다.

ㄴ오오! 한정훈 오늘도 몬스터 모드인가?

ㄴ한정훈 오늘 털겠다던 베어스 팬들 어디 갔냐? 응? 좀 나와 보지?

ㄴ그거 베어스 팬 아니거든요? 트윈스 팬이 주작질 한 거거든요?

ㄴ베어스 니들은 틈만 나면 우리 걸고넘어지더라? 트윈스 팬은 그런 짓 안 하거든?

한정훈이 초반부터 삼진 페이스를 끌어올리자 야구팬들은 흥분을 감추지 못했다.

그럴수록 베어스 팬들은 불안함에 몸을 떨어야 했다.

ㄴ뭐야, 한정훈! 우리한테 왜 이래?

ㄴ승리는 너 가져! 가지라고! 욕심 안 부린다니까? 그러니

까 제발 삼진 좀 적당히 잡아!

ㄴ시팔. 이러다가 오늘 경기에서 삼진 20개 잡는 거 아냐?

ㄴ뭔 소리야? 20개가 왜 나와? 이닝 당 2개씩이니까 다 잡아도 18개겠고만.

ㄴ멍청아! 한정훈은 경기 후반에 가면 페이스 끌어올리는 거 몰라?

ㄴ맞아. 지난번 트윈스전 때도 6, 7, 8, 9, 4이닝 전부 삼진 잡았잖아!

ㄴ아, 시팔 진짜! 자꾸 재수 없는 소리 지껄일래? 그때는 말 그대로 긁힌 날인 거고!

ㄴ이 븅신아, 아까 공 못 봤냐? 159㎞/h만 세 번 찍혔다. 오늘이 그날이라고!

ㄴ하아, 미치겠네. 이러다 저 새끼 오늘 노히트 찍는 거 아냐?

베어스 팬들의 터질 듯한 심장 소리가 야구의 신을 감복시킨 것일까.

한정훈은 4회 초 선두 타자 정수민에게 2루타를 허용하며 처음으로 실점 위기에 몰렸다.

정수민 특유의 잡아당기는 타격에 다소 높게 제구된 커터가 걸린 것이다.

┌나이스! 그기지!
└수민아아아아! 누나가 격하게 사랑한다!

정수민이 안타란의 숫자를 1로 만들자 베어스 팬들은 역
전 홈런이라도 때린 것처럼 기뻐했다.

일부 팬들은 한정훈도 별거 아니라며 이제 곧 지난 경기의
재방송이 시작될 것이라고 떠들어 댔다.

"선취점을 뽑고 가야지."

베어스 김태영 감독은 2번 오재운에게 희생번트를 지시
했다.

타격감이 좋지 않은 만큼 강공보다 번트로 주자를 3루에
보내는 편이 득점으로 이어질 가능성이 높다고 판단한 것
이다.

사인을 확인한 오재운이 방망이를 짧게 쥐고 타석에 들어
섰다. 뒤이어 정수민도 슬금슬금 리드 폭을 넓혔다.

─한정훈 선수, 위기라면 위기일 텐데요.

─3회까지 퍼펙트 피칭을 이어 가다가 4회에 정수민 선수
에게 2루타를 허용했으니 심적으로 조금 흔들릴지도 모르겠
습니다.

─베어스 벤치에서는 일단 주자를 안전하게 3루까지 진루
시킬 생각인 것 같은데요.

-최상의 시나리오죠. 작전대로만 된다면 민병훈 선수도 부담이 줄어들 테고요.

-그런데 번트 대는 게 최상의 시나리오인 건가요?

-응? 하하. 이야기가 그렇게 되나요? 제 해설을 듣고 불쾌하실 베어스 팬들에게 죄송하다는 말씀드립니다. 하지만 지난 트윈스와의 경기를 보신 베어스 팬들이라면 아마 심적으로는 제 말에 공감하실 것 같습니다.

-하하. 그렇게까지 말씀하시니 베어스 팬분들도 너그럽게 이해해 주실 것 같습니다. 그럼 말이 나온 김에, 최악의 시나리오는 뭘까요?

-허……! 권성우 캐스터, 오늘 저 욕 먹이려고 작정하신 거 같네요.

-그럴 리가요. 다만 최상의 시나리오만 들으면 스톰즈 팬분들이 불안해하실 거 같아서 말입니다.

권성우 캐스터가 평소답지 않게 집요하게 굴자 이용헌 해설위원이 난처하다는 표정을 지어 보였다.

하지만 권성우 캐스터도 어쩔 수 없었다.

오늘 경기에 들어가기 전 방송사 측에서 이용헌 해설위원의 한정훈 사랑을 최대한 끌어내라는 지시를 받은 상태였다.

야구팬들조차 모르는 이가 없는 만큼 아예 시청률을 올리는 수단으로 적극 활용하자는 것이었다.

권성우 캐스터도 방송사의 판단이 나쁘지 않다고 생각했다.

그래서 일부러 악역을 자처해 이용헌 해설위원을 물고 늘어진 것이다.

한편으로는 궁금하기도 했다.

베이스에 가장 유리한 상황이 번트를 통한 선행 주자 진루라면, 반대의 경우는 뭘까 하고 말이다.

가장 먼저 떠오르는 건 오재운의 번트 실패.

무사 2루가 1사 2루가 되는 것이었다.

그다음으로 떠오른 건 삼진.

번트 작전 실패의 연장선으로 봐야겠지만 한정훈이 특유의 윽박지르는 승부로 오재운을 꼼짝 못하게 만들어버릴 수도 있다고 여겼다.

하지만 정작 이용헌 해설위원의 입에서 나온 대답은 권성우 캐스터의 예상을 완전히 빗나가 버렸다.

─일단 제 개인적인 의견이라는 걸 먼저 말씀드리고요. 최악의 상황이라면…… 주자가 사라지는 것이겠죠.

─예? 주자가 사라져요?

뜬금없는 이용헌 해설위원의 대답에 권성우 캐스터는 물론 중계를 시청하던 야구팬들조차 황당함을 감추지 못했다.

└뭔 소리야? 주자가 왜 사라져?

└설마 한정훈이 견제로 정수민을 잡을 거라는 소리인가?

└1루도 아니고 2루인데 그게 쉽냐? 빠지면 곧장 3루인데?

└맞아. 스톰즈 키스톤 콤비 신인인데 설마 한정훈이 그런 도박을 하겠냐?

└그럼 뭐야? 이용헌이 헛소리하는 건 아닐 거 아냐?

└야, 지난번에 대기록 운운한 건 찍어 맞춘 거지. 설마 이용헌이 문어겠냐?

└찍어 맞추긴 개뿔. 야구야 사랑해 나와서 분석적으로 떠든 거 못 들었냐?

└다른 사람이 저 소리 하면 개솔이라고 무시하겠는데 이용헌이 말하니까 뭔가 기대된다.

└응. 나도 나도.

이용헌 해설위원은 이번에도 별다른 첨언을 하지 않았다.

조인상 코치에게 들은 정보를 바탕으로 최악의 상황을 가정하긴 했지만 그게 현실로 이루어질 가능성은 크지 않다고 여겼다.

그런데…… 그 희박한 가능성이 또다시 현실이 되었다.

3

"후우……."

한정훈의 초구 빠른 공을 지켜만 봐야 했던 오재운이 숨을 고르며 방망이를 고쳐 잡았다.

초구는 예상대로 몸 쪽 커터였다.

공이 어찌나 날카롭게 꺾이던지 손가락에 공이 맞을 것 같은 기분에 방망이를 내밀지조차 못했다.

만약 여기서 또다시 커터가 들어온다면?

설사 같은 코스라 해도 번트를 성공시키지 못할 것 같았다.

'아니야. 이번엔 꼭 대야 해.'

오재운이 애써 상념을 털어냈다.

팀이 처음으로 잡은 기회였다. 어쩌면 이 기회가 마지막이 될 수도 있었다.

이번에도 머뭇거리다 스트라이크라도 먹으면 볼카운트가 완전히 몰리고 만다.

그렇다면 최소한 진루타라도 때려야 하는데 가뜩이나 떨어진 타격감으로는 쉽지 않을 것 같았다.

'분명히 몸 쪽으로 붙일 거야. 그러니까 준비하자.'

오재운은 방망이 헤더를 받쳐야 할 손을 손잡이 쪽으로 바짝 끌어 내렸다.

번트를 성공시키는 것도 중요하지만 손의 부상을 예방하

는 것도 중요했다.

2루 주자인 정수민이 발도 빠르고 센스가 넘치는 만큼 어떻게든 번트만 대면 3루까지 수월하게 들어가 줄 것 같았다.

오재운의 소극적인 자세를 본 정수민이 조금 더 리드 폭을 벌렸다.

그 모습을 확인한 박기완이 씩 웃으며 함정을 발동시켰다.

코스는 바깥쪽. 공은 체인지업.

한정훈은 가볍게 고개를 끄덕거렸다.

그리고 잔뜩 몸을 낮춘 오재운을 놀리듯 바깥쪽으로 체인지업을 내던졌다.

'느리다!'

패스트볼이 아니라는 걸 알아챈 정수민이 일단 스타트를 끊었다. 그러자 오재운도 다급히 방망이를 내밀었다.

하지만 엉거주춤한 자세로 팔만 뻗는다고 번트가 만들어질 리 없었다.

파앗!

방망이의 밑쪽으로 가라앉은 공이 박기완의 미트 속으로 빨려 들어갔다.

박기완은 그 공을 곧장 3루를 향해 던졌다.

"젠장!"

되돌아가기에는 늦었다고 판단한 정수민이 3루를 향해 내달렸다.

하지만 공은 정수민이 슬라이딩을 하기도 전에 김주현의 글러브 속에 빨려 들어간 상태였다.

"어딜!"

김주현이 침착하게 태그를 했다.

정수민이 마지막 순간 기지를 부리며 손을 바꿔봤지만 소용없었다.

"아웃!"

3루심이 볼 것도 없다며 아웃을 선언했다.

-대, 대단합니다! 이용헌 해설위원의 예언대로 주자가 사라졌습니다!

권성우 캐스터가 호들갑스럽게 떠들어 댔다. 그렇게 이용헌에게 야구 문어라는 별명이 추가되었다.

34장
올스타

1

무사 2루의 기회를 허무하게 날려 버린 베어스는 이후 무
기력한 경기력을 선보였다.

8회까지 두 타자가 더 출루했지만 2루를 밟진 못했다.

베어스가 자랑하는 토니 핸드릭-닉 에반 용병 듀오는 삼
진 4개를 합작(?)하며 완봉패의 원흉으로 몰렸다.

베어스 타자들만큼이나 방망이가 잠잠했던 스톰즈 타자들
은 6회 말 베어스 선발 유희완을 두들겨 3점을 뽑아내는 데
성공했다.

에릭 나가 볼넷을 골라 나간 뒤 다시 3번으로 복귀한 황철

민이 큼지막한 투런 홈런을 작렬하며 0의 균형을 깨버린 것이다.

"진짜 얻어걸린 거야."

황철민은 자신도 어떻게 된 영문인지 모르겠다며 껄껄 웃어댔다.

몸 쪽으로 들어오길래 힘껏 휘둘렀는데 운 좋게 스위트 스폿에 걸렸다는 것이다.

하지만 황철민의 홈런을 정말로 우연이라고 여기는 스톰즈 선수들은 없었다.

타격 슬럼프에서 벗어나기 위해 황철민이 밤마다 특타를 자청했다는 걸 누구보다 잘 알고 있기 때문이었다.

그렇게 홈런을 한 개 추가한 황철민은 루데스 마르티네즈와 함께 팀 내 홈런 공동 2위에 올라섰다. 그러자 자극을 받은 마르티네즈가 기다리라는 말과 함께 타석에 들어섰다.

그리고 살짝 얼이 빠진 유희완의 초구를 잡아당겨 황철민과 똑같은 코스로 홈런을 날려 버렸다.

"황, 내가 이겼다."

더그아웃으로 돌아온 마르티네즈가 히죽 웃었다.

거금을 받고 한국에 온 용병으로서 신인에게 지지 않았다는 사실이 뿌듯한 모양이었다.

그 모습을 지켜보던 토니 윌커슨이 피식 웃음을 흘렸다.

"햇병아리들."

스톰즈 구단 팀 내 홈런왕은 전지훈련 때부터 토니 월커슨의 차지였다.

올 시즌도 12개의 홈런을 때려내며 서부 지구 홈런왕까지 넘보는 상황이었다.

그러나 토니 월커슨이 홈런왕 타이틀을 차지할 거라 예상하는 이들은 드물었다.

제아무리 힘이 좋다고 하더라도 2할 4푼대의 타율과 3할을 밑도는 출루율로는 많은 홈런을 만들어내기 어려웠다.

다른 타격 타이틀도 마찬가지였다.

아직 시즌은 많이 남아 있지만, 선수 중에 특별히 두각을 보이는 이들이 없었다.

황철민은 장타력은 좋으나 출루율이 낮았다. 타율은 2할 8푼대에서 좀처럼 오를 기미가 없었다.

마르티네즈는 3할 초반대 타율을 유지하고 있지만 타 팀 투수들의 집중 견제를 받느라 기대만큼 장타력을 폭발시키지 못하고 있었다.

아직까지 팀 타율 최하위에서 벗어나지 못하고 있는 스톰즈 구단에게 최다 안타나 타점왕, 득점왕 타이틀은 그림의 떡이었다.

그나마 가능성이 있다면 도루 타이틀인데 한창 잘 치고 잘 달리던 공형빈의 타격 페이스가 최근 들어 주춤하면서 그마저도 쉽지 않아 보였다.

히지민 투수 쪽 상황은 선혀 달랐다.

평균 자책점, 다승, 탈삼진, 거기에 승률까지.

타이거즈 윤성민 이후로 투수 부분 4관왕을 노리는 한정훈은 타이틀 경쟁에서 압도적인 우위를 차지하고 있었다.

한정훈이 규정 이닝을 채울 때까지만 이 페이스를 유지해 준다면 이후의 잔여 경기를 몽땅 쉰다고 해도 타이틀 수상이 가능할 정도였다.

거기에 홀드 타이틀과 세이브 타이틀도 수상이 가능한 상황이었다.

스톰즈에 들어와 제2의 전성기를 누리는 셋업맨 정희운은 현재 홀드 부분 2위를 달리고 있었다.

4, 5, 6선발이 싸놓은 똥을 열심히 치우고 다니다 보니 어느새 홀드가 11개나 쌓인 것이다.

무패의 마무리투수로 활약 중인 이승민도 12세이브로 세이브 부분 공동 1위를 달리고 있었다.

상황이 이렇다 보니 로이스터 감독도 정희운과 이승민을 신경 쓰지 않을 수 없었다.

"정훈, 오늘 경기의 마무리는 승민에게 맡기는 게 어때?"

8회 초를 삼자범퇴로 마치고 돌아온 한정훈에게 로이스터 감독이 다가왔다.

나이는 어리지만 한정훈은 팀의 실질적인 에이스였다. 그렇다 보니 투구 이닝에 대해서는 상호 조율을 하는 편이었다.

"좋습니다."

한정훈은 흔쾌히 고개를 끄덕거렸다.

지난 경기야 4점 차로 이기는 상황이라 끝까지 던졌지만 오늘은 3점 차 리드다.

세이브 조건이 충족되는 만큼 팀을 위해 선발도 포기하고 마무리로 돌아선 이승민에게 기회를 주는 게 옳았다.

"승민! 준비해!"

로이스터 감독이 고개를 돌려 소리쳤다.

그러자 이승민이 기다렸다는 듯이 불펜으로 달려갔다. 그러면서 한정훈에게 사랑의 총알을 쏘는 걸 잊지 않았다.

그러자 박기완이 못마땅하다는 투로 말했다.

"야, 치사하게 너만 먼저 내려가냐?

"그럼 형도 쉬어. 일석 선배님도 있고 재신이 형도 있잖아."

현재 스톰즈의 1군 등록 포수는 총 3명이었다.

박기완과 트라이아웃으로 합류한 최일석, 그리고 신인 포수 이재신.

박기완의 공격력이 워낙 좋다 보니 전 경기 선발 출전 중이었지만 그렇다고 휴식도 없이 모든 이닝을 홀로 감당할 수는 없었다.

포수는 모든 야수를 통틀어 체력 소비가 가장 많은 포지션이었다.

쉴 수 있을 때 주전 포수를 쉬게 해주는 것 또한 팀 전력을 유지하는 노하우였다.

8회 말.

박기완의 타순은 진작 지났기 때문에 수비가 좋은 최일석에게 포수석을 넘겨도 상관없었다.

게다가 이승민과 최일석은 궁합이 잘 맞는 편이었다.

아니, 지나치게 빠른 공을 던지는 한정훈과 테너 제이슨을 제외하고 스톰즈의 모든 투수가 최일석을 선호하는 편이었다.

최일석이 그만큼 투수들의 기분을 잘 맞춰주기 때문이었다.

하지만 박기완은 이내 고개를 흔들어 댔다.

다른 투수라면 몰라도 한정훈과 주전 마무리 이승민만큼은 다른 포수에게 양보하고 싶지 않았다.

운 좋게 주전 포수가 됐는데 공격 능력 좀 괜찮다고 방심하다간 최일석이나 이재신에게 추월당하게 될 수도 있었다.

"그런데 너 노히트 노런은 언제쯤 할 거냐?"

박기완이 뜬금없이 물었다. 표정을 보아하니 주변에서 적잖게 시달린 모양이었다.

"그게 말처럼 쉬워?"

한정훈이 어이없다는 표정을 지었다.

노히트 노런은 9이닝 동안 안타와 점수를 한 점도 내주지 않아야 한다.

실력도 중요하지만 운도 상당히 따라주어야 이뤄낼 수 있는 대기록이었다.

실제 프로 야구에서도 노히트 노런 기록은 12번밖에 없었다.

한정훈보다 앞서 한 시대를 풍미했던 투수 중에서도 노히트 노런을 기록하지 못하고 은퇴한 경우가 대부분이었다.

게다가 정교하고 작전 야구에 능한 프로 야구 특성상 후반에 가면 갈수록 타자들이 기록 방해를 위해 몸부림을 칠 게 뻔했다.

그래서 한정훈은 노히트 노런이나 퍼펙트게임에 대해서는 크게 욕심을 부리지 않으려 했다.

언제고 운이 따라준다면 한 번쯤 도전해 보겠지만 매 경기 대기록 작성에 욕심냈다간 투구 밸런스가 먼저 무너질 터였다. 하지만 박기완의 눈에는 한정훈이 그저 엄살을 떠는 것처럼 보였다.

"어울리지 않게 엄살은? 탈삼진 기록은 잘만 세워 놓고서."

"그건 그날따라 공이 잘 들어가서 그랬던 거고."

"그럼 충분히 해볼 만하네. 안 그래?"

"왜? 아예 퍼펙트게임 하라고 하지?"

"그건 그다음에. 하나씩 해야지 뭘 그렇게 몰아서 하려고 그래?"

"하는 김에 한꺼번에 몰아서 하면 좋지, 뭐. 그런데 갑자기 왜 물어보는 거야? 조인상 코치님이 다음에는 노히트 노런에 도전해 보라서?"

눈치 빠른 한정훈이 박기완을 추궁했다.

실제로 박기완의 주변에서도 이제는 노히트 노런에 도전해야 하는 거 아니냐는 말이 많았다.

그러나 박기완도 단순히 그런 이유로 입을 연 건 아니었다.

이틀 전, 샤워를 끝마친 박기완은 우연히 야구 전문 프로그램인 야구야 사랑해를 보게 됐다.

방송에 출연한 이용헌 해설위원은 현재 국내 투수 중 노히트 노런이나 퍼펙트게임을 달성할 가능성이 가장 큰 선수로 한정훈을 지목했다.

그러면서 한정훈의 해외 진출 시기가 국내 1호 퍼펙트게임의 달성 여부를 결정할 것 같다고 덧붙였다.

방송을 본 박기완은 생각이 깊어졌다.

그 역시 한정훈이라면 노히트 노런과 퍼펙트게임을 충분히 달성해 낼 수 있을 것이라 여기고 있었다.

남들은 평생에 한 번 세울까 말까 하는 기록이겠지만 한정훈이라면 한 시즌에 한 번 이상씩 기록해도 별로 이상할 것 같지 않았다.

그만큼 한정훈은 경이로운 투수였다. 그의 공을 받는다는 게 가슴이 두근거릴 만큼. 하지만 그 대기록을 세우는 순간에 한정훈의 공을 받는 포수가 자신일 거란 확신은 없었다.

노히트 노런과 퍼펙트게임은 단순히 투수 혼자 잘 던진다고 해서 만들어지는 게 아니었다.

투수의 역량만큼이나 포수의 역할도 중요했다.

포수는 투수가 대기록 달성을 눈앞에 두고 조바심을 내지 않도록 잘 다독이고 리드해 마지막까지 최선을 다하도록 만들어야 했다.

그러기 위해서는 실력과 경험이 필수적이었다. 그래야만 투수에게 절대적인 신뢰를 받을 수 있었다.

'정훈이는 나를 얼마나 믿을까?'

박기완은 불현듯 한정훈의 속내가 궁금해졌다.

투수 한정훈이 포수 박기완을 얼마나 신뢰하는지 알고 싶었다.

또 이만호와 자신, 둘이 있을 때 누구와 호흡을 맞출지도 확인해 보고 싶었다.

그래서 일부러 에둘러 말을 꺼낸 것이다. 자신과 함께 노히트 노런을 이뤄내고 싶은 마음이 있는지를 말이다.

"어쨌든, 할 거야, 말 거야?"

박기완이 다시 물었다.

한정훈이 슬슬 말을 돌리는 게 왠지 자신을 믿지 못하는 것 같다는 불안한 마음이 들었다.

그러나 한정훈도 할 수만 있다면 몇 번이고 노히트 노런과 퍼펙트게임을 달성하고 싶었다.

그리고 가능하다면 메이저리그로 진출하기 전에 퍼펙트게임은 꼭 이루고 싶었다.

아직까지 프로 야구에서 퍼펙트게임을 기록한 투수는 단 한 명도 없었다.

그런 대기록을 달성한다면 프로 야구 역사에 또다시 자신의 이름을 또렷이 새겨 넣을 수 있을 것 같았다.

물론 남들이 듣는다면 욕심이 과하다고 말할지도 몰랐다. 탈삼진과 관련해 대기록을 두 개나 세워 놓고 또다시 대기록을 넘본다며 말이다.

하지만 14타자 연속 탈삼진과 한 경기 19탈삼진 기록은 언제고 깨질지 모르는 기록이었다.

반면 프로 야구 1호 퍼펙트게임 달성자라는 기록은 프로 야구가 사라지지 않는 한 영원할 수밖에 없었다.

"해."

한정훈이 짧게 말했다.

그러자 박기완이 안도하듯 환하게 웃어 보였다.

"짜식, 진즉 그렇게 말할 것이지."

박기완은 주먹으로 힘껏 자신의 미트를 두드렸다.

언제가 될지는 모르겠지만 잘 손질한 이 글러브로 한정훈의 공을 받아 노히트 노런은 물론 퍼펙트게임도 이뤄내고 싶었다. 그러기 위해서라도 주전 경쟁에서 결코 밀릴 생각이 없었다.

"아이싱 하고 있어라. 금방 끝낼 테니까."

8회 말 공격이 삼자 범퇴로 끝나자 박기완이 포수 장비를 착용하기 시작했다.

그리고 호언장담한 대로 이승민-박기완 배터리는 베어스의 허경인, 김재하, 정수민을 삼진, 땅볼, 삼진으로 돌려세우며 한정훈의 승리를 지켜냈다.

8이닝 2피안타 무실점 호투를 한 한정훈이 승리를(시즌 6승), 이승민이 세이브(시즌 13세이브)를 추가했다.

한정훈과 이승민을 앞세워 1승을 추가한 스톰즈도 자이언츠의 추격을 따돌리며 3위 자리를 굳혀가기 시작했다.

그렇게 5월과 6월이 빠르게 지났다. 그리고 전반기의 끝을 알리는 올스타전이 다가왔다.

2

7월 21일에 열리는 올스타전에 앞서 6월 12일부터 7월 8일까지 20일 동안 온라인을 통한 올스타 선수 투표가 진행됐다.

선수 선발 방식은 팬 투표 비율 50%, 기자단 투표 비율 20%, 선수단 투표 비율 30%.

특정 인기 구단의 선수 독과점을 막기 위해 KBO는 기자단 투표까지 신설하는 강수를 두었다.

그러나 여전히 50%를 차지하는 팬 투표의 힘을 무시하기는 어려운 상황이었다.

각종 온라인 사이트를 통해 투표 창구가 열리자 각 구단 야구팬들의 치열한 눈치 싸움이 진행됐다.

ㄴ자이언츠 팬들, 우리 서로 돕고 삽시다.

ㄴ맞아요. 우리 구단에서 내세울 선수라고는 두 명뿐인데 자이언츠 팬분들이 조금만 밀어주면 되지 않을까요?

ㄴ그럼 위즈 팬들도 우리 포수하고 외야수 좀 밀어주세요.

ㄴ어차피 리그도 다르니까. 서로 윈윈하면 좋을 것 같음.

가장 먼저 손을 잡은 건 자이언츠 팬들과 위즈의 팬들이었다.

서로 리그도 다른 데다가 올 시즌 사이좋게 하위권에 머물러 있다 보니 일부 팬들을 통해 자연스러운 동맹이 이루어진 것이다.

ㄴ[자이언츠 & 위즈] 서부 리그 투표할 때 필독! 포수는 강민오/외야수 지미 아두치 밀어주세요!

ㄴ[위즈 & 자이언츠] 동부 리그 투표할 때 2루수 박경우/외야수 유한진 꼭이요!

자이언츠 팬들과 위즈 팬들은 올스타 가능성이 높은 2명씩을 서로 밀어주기로 밀약을 맺었다. 그리고 그 효과는 곧바로 투표수로 나타났다.

동부 리그 2루수 부분 1위 박경우 156,293(17.4%)

서부 리그 포수 부분 1위 강민오 167,235(18.6%)

90만 명이 참여한 1차 투표에서 위즈의 박경우와 유한진, 자이언츠의 강민오와 지미 아두치가 포지션 부분 1위로 치고 오른 것이다.

외야수는 포지션에 상관없이 최대 3명을 선발하는 시스템 이었다.

1위뿐만 아니라 2, 3위까지 선발이 되는 만큼 유한진과 지미 아두치의 선전이 크게 부담스럽지 않았다.

게다가 두 선수 모두 올 시즌에 수준급 활약을 선보이고 있었다. 그래서 다른 팀 팬들 사이에서도 두 선수의 득표 순위는 인정하는 분위기였다.

문제는 자이언츠의 포수 강민오와 위즈의 2루수 박경우 였다.

올 시즌 시작하면서 4년 80억에 계약을 채결하며 2연속 FA 대박을 친 강민오는 자이언츠의 프랜차이즈 스타였다.

강민오를 보기 위해 야구장에 간다는 팬들이 적잖을 만큼 자이언츠 팬들에게 절대적인 사랑을 받고 있었다.

하지만 애석하게도 올 시즌 성적이 별로 좋지 않았다.

게다가 손목 부상으로 포수보다 지명 타자로 자주 출전한 탓에 포수 부분 선발이 낯부끄러운 상황이었다.

위즈의 2루수 박경우도 미친기지었다. 고질적인 발목 부상 때문에 장타율이 눈에 띄게 떨어져 있었다.

안정적으로 5위를 수성할 것이라는 위즈가 스타즈와 꼴지 다툼을 하는 결정적인 이유 중에 하나로 박경우의 부진이 꼽힐 정도였다.

ㄴ진짜 동부 2루수 박경우 뭐냐? 니들 박경우 기록 안 보냐?

ㄴ더 웃긴 건 서부 포수 강민오인데? 올 시즌에 지타로 나온 경기가 반인데 어떻게 서부 포수 부분 1위냐?

ㄴ국대 뽑냐? 팬들이 원한다는데 니들이 무슨 상관이야? 억울하면 투표로 이기던가.

ㄴ아무리 올스타 투표가 인기투표라지만 기본적으로 성적을 봐야 하는 거 아니냐?

ㄴ이거 자이언츠랑 위즈 편먹고 하는 건데 몰랐음?

자이언츠 팬과 위즈 팬의 밀월 관계가 드러나면서 인터넷이 뜨거워졌다.

상당수의 팬이 실력을 기반으로 한 투표를 해야 한다며 반박했지만 올스타 투표는 팬투표일 뿐이라며 문제될 게 없다고 맞서는 이도 적지 않았다.

ㄴ이러는 게 어디 한두 해냐? 원래 이랬잖아?

└맞아. 그래서 기자단 투표도 신설한 건데 왜 난리야?

└그래서 니들이 잘했다는 거냐?

└그럼 잘했지. 우리 팀 선수 올스타전 나가게 밀어주는 게 팬들이 할 일이지 조금 부진했다고 쌩까라는 거냐?

자이언츠-위즈 연맹으로 촉발된 팬덤 싸움은 연쇄적인 동맹을 불러 일으켰다.

└다이노스! 우리가 밀어준다!

└좋아. 이글스! 환영이다!

가장 먼저 다이노스 팬들과 이글스 팬들이 뭉쳤다.

올 시즌 리그 1위를 달리며 타 구단 팬들에게 가장 많은 견제를 받고 있다 보니 동병상련이 작용한 것이다.

게다가 두 팀 모두 팀 성적이 좋은 만큼 예비 명단에 뽑힌 선수들의 개인 성적 또한 상당히 우수한 편이었다.

최소 목표치인 5명 이상의 올스타를 배출하기 위해서는 서로가 필요할 수밖에 없는 상황이었다.

└솔직히 우리는 담합 이런 거 아니지 않나?

└맞아. 1위 팀에서 올스타 많이 뽑히는 게 당연한 거지. 게다가 개인 성적도 좋은데.

└우린 일종의 상식 연맹이지. 위즈 자이언츠와는 다르다고.

└다들 팬심으로 투표하는데 우리라도 룰을 지켜야지. 안그래?

속칭 1위 연맹은 스스로에게 정당성을 부여했다.

팀 성적은 물론 선수들 개개인의 성적으로도 꿀릴 게 없다보니 인터넷상에서도 당당했다.

다른 팀 팬들이 치사하다고 비난하면 선수들 기록을 세세하게 내세우며 반박하는 여유까지 보였다.

그 결과 2차 투표 양상이 확 바뀌었다.

투수 부분 세 자리(선발, 계투, 마무리)와 야수 부분 아홉 자리를 포함한 총 12명의 올스타 중 이글스와 다이노스가 각각 6명씩을 배출한 것이다.

그러자 다른 팀 팬들도 가만히 두고 보지 않았다.

특히나 화력만큼은 누구에게도 지지 않는 트윈스와 타이거즈, 라이온즈, 베어스 팬들이 타도 1위 연맹을 외치며 모이기 시작했다.

└솔직히 한정훈이 있는데 헤이커가 1위인 게 말이 되냐?

└데릭 쉴즈는 어떻고? 한정훈에게 한 번 발린 거 빼고는 동부 리그 최고 투수인데 3위? 시팔, 장난하는 것도 아니고.

└지금 스톰즈 팬 게시판도 발칵 뒤집혔다. 한정훈 1위 빼앗겼다고.

└스톰즈야 원래 조루 화력이니까 이해한다지만 트윈스는 뭐하고 있냐? 정신 안 차릴래?

└이럴 게 아니라 우리 각 팀에 1명씩은 확실하게 지원하는 걸로 하자. 오케이?

└그래, 이러다가 다이(다이노스-이글스) 연합에 다 빼앗기게 생겼어.

동서부 리그 최고 인기 구단들이 가세하면서 팬 투표는 다시 혼전 양상을 띠었다.

그 결과 2차 투표 때 2위로 밀렸던 한정훈은 3차 투표에서 1만여 표 차이로 1위 자리를 되찾을 수 있었다.

└정말정말 고맙습니다. 스톰즈 팬들을 대신해 제가 대신 감사 인사드립니다.

└진짜 정훈이 올스타 못 되는 줄 알고 얼마나 서럽던지. 아, 진짜 눈물 나는 하루네요. 이게 다 야구팬 여러분들 덕분입니다.

한정훈의 1위 복귀 소식에 스톰즈 팬들은 수많은 야구 게시판들을 찾아다니며 고마움을 전했다.

유일한 올스타 후보인 한정훈이 제자리를 찾았으니 이제 만족한다는 반응이었다.

하지만 스톰즈 팬들과 1위 연합을 제외한 야구팬 대부분은 이 결과에 만족하지 않았다.

애당초 최다 득표를 차지하며 압도적인 1위에 오를 것이라던 한정훈이 투표 막판까지 1만여 표 차이로 경쟁 중이라는 게 이해가 가지 않는 것이다.

ㄴ진짜 다이 연합, 해도 너무하네. 한정훈 성적을 보긴 하는 걸까?

ㄴ이건 다이 연합만 탓할 게 아닌데? 분명 우리 쪽 팬들 중에서도 한정훈한테 털린 것 때문에 악감정 품은 사람들 많을 듯.

ㄴ아무리 그래도 그렇지 한정훈이 지금까지 14승을 했는데 8승 한 헤이커하고 1위 싸움한다는 게 말이 되냐?

ㄴ다이노스가 1위잖아. 그리고 한정훈 빼면 헤이커도 수준급 투수 맞거든?

ㄴ다이노스가 1위라곤 하지만 이건 아니지. 스톰즈도 3위잖아?

ㄴ1위랑 3위랑 같냐? 그리고 스톰스 팬들 없는 걸 왜 딴 데다 화풀이야?

3차 투표 결과 전까지 한정훈이 세운 기록은 어마어마했다.

총 16경기에 선발 등판해 14승 무패.

평균 자책점 0.84, 탈삼진은 무려 186개.

서부 리그를 포함해 리그 전체 다승, 평균 자책점, 탈삼진, 승률 1위를 질주하고 있었다.

여기에 퀄리티 스타트나 WHIP 등 세부 지표에서도 따라올 투수가 없었다.

시즌 초만 하더라도 조금 더 지켜봐야 한다고 말을 아끼던 야구 전문가들조차 요즘에는 레전드급 투수인 선동연이나 최동훈과 한정훈을 심심찮게 비교할 정도였다.

한정훈의 호투 덕분에 스톰즈는 당초 예상을 뒤엎고 3위를 순항 중이었다.

아직까지는 수준급 투수력으로 부족한 타격을 떠받드는 모양새였지만 한정훈의 페이스가 떨어지지 않는 한 스톰즈의 상승세가 시즌 막판까지 이어질 것이라는 긍정적인 의견도 상당했다.

물론 경쟁자인 에릭 헤이커도 8승으로 다이노스의 선두 질주에 한몫을 담당하고 있는 건 사실이었다.

하지만 솔직히 말해 한정훈과 비교되는 건 무리였다.

실제로 다이노스가 자랑하는 건 투수력이 아니라 막강한 타력이었다.

리그 최고의 용병이라 불리는 테일즈를 비롯해 박성민, 나성건, 손하섭, 박인우, 새로 합류한 8병 펠릭스 피에르에 이르기까지 쉬어갈 수 없는 지뢰밭 타선이 리그 평균 수준의 투수력을 든든하다 못해 과하게 떠받쳐 주는 것이다.

이런 상황에서 에릭 헤이커가 팬 투표로 한정훈을 제치고 1위에 오른다는 건 있을 수 없다는 게 야구팬들의 중론이었다.

"와, 진짜 열 받네. 나라도 한 표 줘야겠다."

"시팔, 당연히 한정훈이지 뭐하자는 거야?"

3차 투표 결과에 격분한 야구팬들은 적극적으로 한정훈 1위 만들기에 동참했다.

덕분에 이틀 만에 한정훈과 에릭 헤이커의 격차가 5만 표 차이로 벌어졌다.

그러자 다이노스-이글스 연합 팬들조차 에릭 헤이커를 대신해 한정훈에게 표를 주었다.

팬심도 중요하지만 모든 야구팬의 지지를 받는 한정훈이 1위를 하는 게 당연하다고 인정하고 만 것이다.

그 결과 한정훈은 총 1,231,425를 얻어 서부 리그 선발투수 부분 올스타에 선정되는 영광을 안았다.

득표율은 32.4%.

예상보다 저조한 득표라는 의견이 많았지만 경쟁자인 에릭 헤이커의 추격을 15만여 표 차이로 따돌리는 데 성공했다.

그리고 한정훈에 맞설 동부 리그 선발투수로 트윈스의 용병 투수 데릭 쉴즈가 뽑혔다.

총득표수 1,527,562표.

득표율 40.2%였다.

아직까지 팬층이 약한 탓에 한정훈 이외에 팬 투표로 올스타에 뽑힌 스톰즈 선수는 없었다.

대부분 그럴 줄 알았다는 분위기였지만 서부 리그 세이브 부분 선두에 오른 이승민은 아쉬움을 감추지 못했다.

"좋겠다, 너는. 올스타에 뽑히고."

"형도 감독 추천으로 뽑힐 텐데 뭐가 걱정이야?"

"그래도. 감독 추천하고 올스타하고 같냐?"

"감독 추천으로도 못 뽑히는 선수들이 태반이야. 어디 가서 그런 소리 하지 마."

"그런데 넌 어째 태연하다? 뭐 당연하다 이건가?"

"당연은 무슨. 기분 좋지 나도. 하지만 나 혼자 기분 내봐야 뭐해?"

"짜식, 누가 알면 네가 형인 줄 알겠다."

"그게 아니라 형이 철이 없는 거야."

팬 투표를 통해 올스타에 뽑혔다는 건 선수에게 있어 크나큰 영광이었다.

자신의 실력을 야구팬들에게 인정받았다는 증거나 마찬가지이기 때문이었다.

하지만 한정훈은 그 기쁨을 내색하지 않았다. 주변에서 축하해 줄 때도 덤덤하게 받아들였다.

올스타로 뽑힌 이들에게 축하의 말을 건네야 하는 이들의 마음을 누구보다 잘 알고 있기 때문이었다.

과거의 삶에서 한정훈이 올스타로 뽑힌 건 단 한 번뿐이었다.

마무리투수로서 새롭게 거듭났을 때 감독 추천으로 올스타전에 초대받은 게 전부였다.

그 외에는 매번 집에서 TV로 올스타전을 지켜보았다. 그리고 그때마다 치미는 아쉬움과 쓸쓸함을 되삼켜야 했다.

올해는 꼭 올스타전에 나간다.

시즌이 시작되면 한정훈도 다른 선수들처럼 올스타전 출전을 갈망했다.

올스타전에 나가기 위해 시즌 초반부터 페이스를 끌어올린 적도 많았다.

하지만 올스타에 뽑힐 만큼 팬들의 사랑을 받는다는 건 쉽지 않았다. 아니, 팬들이 사랑해 줄 만큼 성적을 낸다는 거 자체가 정말 어려운 일이었다.

올스타전 출전 엔트리는 감독 추천 선수 포함 총 24명이 전부였다.

그중 투수는 많아야 9명.

1군 투수 엔트리 기준으로 경쟁률은 9 대 1에 가까웠다.

다시 말해 팀 내에서 최소 첫 번째, 혹은 두 번째로 잘 던지는 투수가 아니라면 올스타전에 초대받는 게 불가능하다는 이야기였다.

거기다 팬 투표까지 잘 받으려면 꾸준히 두각을 보이든지, 아니면 해당 시즌에 압도적인 결과물을 만들어내야 했다.

상황이 이렇다 보니 대부분의 선수에게 올스타전은 남의 잔치처럼 느껴질 수밖에 없었다.

"형, 우리 야구 좀 한다고 너무 생색내지는 말자. 우리가 잘해서 올스타전에 나가는 게 아냐. 다른 선수들도 열심히 해줬으니까 우리가 그만큼 돋보일 수 있었던 거라고."

한정훈이 진심으로 이승민에게 조언했다.

팬 투표로 올스타전에 출전하지 못하는 이승민의 아쉬움을 이해하지 못하는 건 아니지만 다른 선수들이 보는 앞에서 서운한 티를 내 봐야 잘난 척하는 꼴밖에 되지 않았다.

"짜식, 알았어."

이승민도 이내 반성했다.

한 살 어리긴 해도 한정훈의 말이 옳았다.

팬 투표는 아니지만 감독 추천으로 생에 첫 올스타에 뽑힐 가능성이 높은데 그걸 가지고 서운해했다는 게 순간 부끄러워졌다.

무엇보다 올스타전은 잠시 즐기는 축제에 불과했다.

그 축제가 끝나면 언제 그랬냐는 듯 다시 서로를 향해 공을 던지고 방망이를 휘두르는 전쟁을 벌여야 한다.

한정훈과 이승민은 스톰즈의 핵심 선수들이다. 그리고 각기 선발과 불펜 투수진의 주축이기도 했다.

이들이 올스타진 출진 때문에 홀로 들여 버틴나닌 나든 투수들에게 영향이 미칠 수밖에 없었다.

"아직 올스타전 브레이크까지 10경기나 남아 있으니까 너무 풀어지진 마."

"그래, 너도 열심히 해. 0점대 평균 자책점 까먹지 말고."

한정훈과 이승민이 서로를 격려했다. 그 모습을 멀찍이서 지켜보던 배용수가 피식 웃음을 흘렸다.

이틀 후.

올스타전 최종 명단이 발표됐다.

기자단 투표와 선수단 투표를 합산했지만 당초 24인의 올스타 명단은 달라지지 않았다.

야구팬들이 한정훈을 비롯해 어느 정도 실력을 갖춘 선수들 위주로 투표를 진행하면서 기자단 투표와 선수단 투표의 결과와 큰 차이를 보이지 않은 덕분이었다.

감독 추천 선발 결과 스톰즈에서는 예상대로 이승민과 테너 제이슨, 그리고 박기완이 올스타전에 합류하게 됐다.

2차 투표 결과 잠시 한정훈을 앞질렀던 에릭 헤이커는 뽑히지 않았다.

서부 리그 감독으로 예정된 다이노스의 김영문 감독이 형평성의 원칙을 고수했기 때문이다.

일부 다이노스 팬들은 김영문 감독의 처사를 이해할 수 없다며 불만을 터뜨렸다.

그러나 대부분의 야구팬은 김영문 감독이 옳은 선택을 했다며 박수를 보냈다.

ㄴ역시 달감독이다. 인정!
ㄴ우승팀 감독인데 그 정도는 해야지.
ㄴ솔직히 다이노스 선수만 5명이 뽑혔는데 감독 추천으로 또 뽑는 게 이상한 거 아닌가?
ㄴ아무튼 다이노스 징징이들. 다이노스 혼자만 야구하지? 계속 그렇게 까불어 봐라. 그러다 후반기에 베어스한테 치일 테니까.

서부 리그뿐만 아니라 동부 리그에서도 감독 추천 선수에 대한 논란이 없지는 않았다.
그러나 출전 선수 명단에 변동은 없었다.
서부 리그는 물론 동부 리그에서도 나름의 기준점을 가지고 추가 선수를 선발한 만큼 일부 구단 팬들의 불만에 흔들리지 않겠다는 입장을 고수했다.

3

2018올스타전 일정은 총 3일에 걸쳐 치러졌다.
19일 목요일은 퓨처스 리그 올스타전이 열렸다.

스틈그 2군 선수들 중 두 명이 올스디고 신발됐지만 경기는 4 대 2로 동부 퓨처스 리그 올스타의 승리로 끝이 났다.

20일 금요일에는 각종 이벤트 경기가 열렸다.

올스타전의 꽃이라는 홈런 레이스 예선전을 시작으로 번트왕, 구속왕 등 다양한 종류의 이벤트 경기가 치러졌다.

그중에서도 한정훈은 퍼펙트 피처 게임에 관심을 가졌다.

슈퍼 매치 프로그램 촬영을 통해 한 차례 접해본 적이 있기 때문에 출전만 하면 우승을 할 자신도 있었다.

그러나 정작 협회 쪽에서 원한 건 한정훈이 아니라 이승민이었다.

"한정훈 선수가 나오는 건 좀 반칙 아닙니까?"

한정훈이 출전을 희망한다는 소식을 전해 들은 협회 관계자가 난색을 드러냈다.

올 시즌 한정훈이 18경기에 선발 등판해 내준 사사구는 고작 22개밖에 되지 않았다. 그리고 그중에서 볼넷은 14개였다.

한 경기당 볼넷을 한 개도 내주지 않는 한정훈이 퍼펙트 피처에 출전한다면 다 함께 즐긴다는 취지를 달성하기가 어렵다는 것이다.

대신 협회 관계자는 한정훈에게 투수 홈런 레이스에 참여할 것을 권했다.

올 시즌 전반기 최고의 투수인 한정훈이 타석에 선다면 팬들에게도 즐거움을 선사해 줄 것이라는 이유에서였다.

하지만 제아무리 올스타전 이벤트라 해도 중학교 시절부터 타격과 담을 쌓아온 한정훈이 방망이를 잡는다는 건 쉽지 않은 일이었다.

"그건 어려울 것 같습니다."

한정훈을 대신해 베이스 볼 61의 박찬영 대표가 정중하게 고사했다.

투수 홈런 레이스는 리그당 2명의 투수만 참여시키기로 결정을 내린 상황이라 협회에서도 별다른 불만을 내보이지 않았다.

"집이나 다녀와야겠다."

한정훈은 올스타 브레이크를 이용해 부모님 댁으로 향했다.

"정훈아, 어서 오렴. 배 많이 고프지?"

"오빠! 왜 이렇게 오랜만에 왔어~"

출장 중인 아버지를 대신해 어머니와 정아가 한정훈을 반겼다.

과거였다면 아버지가 없는 상황에서는 절대 찾아가지 않았겠지만 휴식일마다 틈틈이 집에 다녀간 덕분에 지금은 아무렇지도 않게 화기애애한 분위기를 즐길 수 있었다.

"참, 오빠. 나 사인 10장만 더 해주면 안 돼?"

"뭐? 또?"

"뭐가 또야. 내 친구들이 오빠 사인받고 싶어 한단 말이야."

식사가 끝나자 정아가 A4 용지를 한 뭉텅이 들고 왔다.

"이거 10장은 넘는 거 같은데?"

한정훈이 살짝 미간을 찌푸렸다. 지난번에 왔을 때도 50장 가까이 사인을 해준 것 같은데 또다시 사인이라니.

왠지 정아가 자신을 골탕 먹이기 위해 일부러 사인을 받는 것 같다는 의심마저 들었다.

그러자 정아가 억울하다는 표정을 지었다.

"뭐야, 그 표정은? 그래서, 하나밖에 없는 동생이 사인 좀 해달라는데 그게 그렇게 싫어?"

"지난번에 엄청 해줬잖아."

"그건 달라는 사람 다 줬지."

"그 많은 걸 다?"

"그럼~ 내가 친구들이 얼마나 많은데. 그리고 선생님들도 난리란 말이야. 담임선생님도 오빠 사인 5장만 부탁한다고 그러는데 내가 얼마나 난처한 줄 알아?"

정아가 입술을 삐죽거렸다.

유명인 오빠를 둔 덕분에 학교생활이 고달플 정도로 시달리고 있는데 당사자인 한정훈이 비협조적으로 나오니 서운한 모양이었다.

하지만 한정훈은 아직까지 자신의 인기를 제대로 실감하지 못하고 있었다.

시즌 내내 집과 오피스텔만 오간 탓에 경기장 밖을 돌아다닌 적이 극히 드문 탓이었다.

"그래?"

고개를 갸웃거리던 한정훈이 마지못해 펜을 들었다. 그리고 특유의 복잡한 사인을 용지 가득 그려 넣었다.

"이름도 넣어 줘야지."

"이름?"

"응. '정수야. 예뻐지세요'라고도 써줘."

"나 참."

그렇게 사인 한 장을 완성시키는 데 1분이 훌쩍 넘어갔다.

사인도 복잡했지만 워낙에 악필인 탓에 이름과 인사말을 넣는 게 더 고된 일이었다.

"이렇게 해서 언제 다 할 거야? 오빠 오늘 집에 못 가겠는데?"

다섯 장째 사인을 받아 든 정아가 쿡쿡 웃어댔다.

아버지가 출장을 가서 집이 썰렁했는데 사인을 핑계 삼아서라도 한정훈을 자고 가도록 만들고 싶은 것이다. 그러자 한정훈이 펜을 내려놓으며 단호한 표정을 지어 보였다.

"야, 인마. 오빠 올스타전 선발이야. 집에 일찍 가서 푹 쉬어야 한다고."

집에서 자고 가는 거야 이젠 대수롭지도 않은 일이었다. 하지만 그 조건으로 밤새 사인을 해야 하는 건 사절이었다.

차라리 사인만 하면 다행이지만 인사말까지 쓰는 건 너무 고역이었다.

하지만 정아도 더 이상 스트라이크, 볼밖에 모르는 야구

순수녀가 아니었다.

"칫, 나도 알 건 알거든? 어차피 1이닝만 던진다면서?"

"누, 누가 그래?"

"내가 바본 줄 알아? 많이 던져야 2이닝이라는 거 다 찾아 봤거든?"

"쳇, 집요한 녀석 같으니."

한정훈은 마지못해 펜을 집어 들었다.

그리고 현란한 사인 아래 정아가 불러주는 대로 삐뚤빼뚤한 글씨들을 집어넣었다.

"오빠 근데 사인이 왜 이래?"

"뭐가?"

"음…… 뭐랄까. 되게 튀어 보이고 싶은 사인이랄까?"

"그, 그런 거 아니거든?"

"뭐 내 느낌이 그렇다는 거지. 그래도 친구들은 오빠 사인 멋있데."

정아가 피식 웃었다.

가족인 그녀가 보기에도 한정훈의 사인은 다소 과한 감이 있었다.

그 점에 대해서는 한정훈도 반박의 여지가 없었다.

과거에서 다시 돌아온 이후로 팬들에게 사인을 해줄 때를 대비해 새롭게 만든 사인이었기 때문이었다.

문제는 인터넷에 멋지다는 사인들을 이리 저리 모방하는

과정에서 배보다 배꼽이 더 커졌다는 점이다.

한정훈이라는 이름 위아래로 휘갈긴 낙서들 때문에 정작 한정훈이라는 이름이 눈에 띄지 않을 정도였다.

게다가 더 큰 문제는…… 자신의 예상보다 야구를 더 잘하게 됐다는 것이다.

오죽했으면 구단 관계자는 물론이고 정한그룹 본사에서도 한정훈의 사인을 요청할 정도였다.

지금까지 사인 한 종이만 따져도 어림잡아 3천여 장에 달했다. 하지만 모든 재능이 야구 쪽에 몰린 탓일까.

한정훈의 사인 실력은 좀처럼 늘지를 않았다.

"하아, 안 되겠다. 이제는 이름만 써. 메시지는 생략하자."

채 20장을 채우지 못하고 엉망진창인 글씨가 해독 수준으로 변하자 정아가 특단의 조치를 내렸다.

"고맙다."

한정훈은 살짝 미안해졌다. 귀찮은 마음에 글씨를 너무 휘갈겨 쓴 것 같은 자책이 든 것이다.

하지만 그런 미안함도 악필의 황폐화를 막아내지 못했다.

"히잉, 오빠 사인이 이게 뭐야~ 누군지 못 알아보겠잖아."

"야, 그것도 최선을 다한 거거든?"

"됐어. 이름도 쓰지 마. 그냥 사인만 해."

"쳇, 못된 녀석 같으니."

한정훈이 입술을 삐죽거리며 새 용지를 집어 들었다.

그리고 50장을 꼬박 채우고서야 정아의 마수에서 벗어날 수 있었다.

"하아, 이제 좀 쉬어야겠다."

무려 한 시간 가까이 제 사인과 씨름한 한정훈이 드러눕듯 소파에 등을 기댔다.

그러자 부엌에서 어머니가 과일 접시를 가지고 다가왔다.

"정훈아, 바쁘니?"

"에? 아, 아뇨."

"그럼 과일 좀 먹으면서…… 사진 몇 장 찍으면 안 될까? 엄마 친구들이 아들 칭찬을 엄청 많이 해서 말이야."

"하, 하하."

기다렸다는 듯 최신형 핸드폰을 꺼내는 어머니의 모습에 한정훈의 입꼬리가 파르르 떨려왔다.

그리고 30분 동안 한정훈은 어머니가 마음에 드는 사진이 나올 때까지 팔자에도 없는 모델 노릇을 해야만 했다.

4

2018년 올스타전은 다이노스의 홈구장인 마산종합운동장에서 열렸다.

서부 리그 선발로 투수 부분 팬 투표 1위를 차지한 한정훈이 마운드에 올랐다.

이에 맞서 동부 리그 선발투수는 데릭 쉴즈가 예정된 상태였다.

—서부 리그 선발투수죠. 한정훈 선수가 마운드에 오릅니다.

—한정훈 선수, 말 그대로 슈퍼 루키죠? 정말 루키 시즌에 이토록 엄청난 활약을 펼친 선수가 또 있을까 싶을 정도입니다.

—제 생각에는 그냥 루키 자를 떼도 되지 않을까 싶습니다.

—하하. 여러분께서는 지금 프로 야구의 레전드인 양준형 해설위원, 그리고 이정범 해설위원과 함께하고 계십니다.

한정훈이 마운드에 오르자 특별히 구성된 해설진이 극찬을 늘어놓았다.

재미있는 편파 판정을 위해 일부러 이정범과 양준형을 초청했는데 한정훈 앞에서는 서로 감탄을 하느라 정신이 없었다.

그만큼 올 시즌 한정훈의 성적은 좋았다.

한정훈의 옆으로 떠오른 개인 성적란에는 1위라는 표기가 빼곡하게 채워져 있었다.

—오늘 인터뷰 할 때 보니까 한정훈 선수 컨디션이 좋아 보이던데요.

—지난 경기 이후로 일주일 만에 등판하는 것이니까요. 아마 어깨 상태는 최고가 아닐까 생각됩니다.

—이런 경기에서 한정훈 선수가 시원시원한 강속구를 선보이면 참 좋을 텐데 말입니다.

—제 생각도 양준형 해설위원의 생각과 같습니다. 한정훈 선수가 세계 청소년 야구 선수권 대회에서 160km/h의 강속구를 던졌다고 하는데 아직까지 국내 기록은 159km/h거든요.

양준형과 이정범은 한목소리로 한정훈의 강속구를 바랐다. 그런 두 대선배의 목소리가 전해지기라도 한 것일까.

퍼어엉!

한정훈이 내던진 초구가 순식간에 박기완의 미트 속에 빨려 들어갔다.

"스트라이크!"

심판의 요란스러운 스트라이크 콜에 이어 전광판 위로 놀라운 숫자가 떠올랐다.

162km/h.

동시에 마산종합운동장이 떠나갈 듯한 함성 소리가 울려 퍼졌다.

중계 카메라에 잡힌 관중들마다 하나같이 놀람과 충격을 감추지 못했다.

그건 중계진들도 마찬가지였다.

─허허. 한정훈 선수가 정말 일을 냈네요.

─누가 양준형 해설위원의 말을 전하기라도 한 것 같습니다.

─역시 한정훈 선수네요. 보시면 아시겠지만 한복판에 공이 들어왔는데 이영규 선수가 반응조차 하지 못했거든요.

─그런데 이정범 해설위원은 지금 동군 편들러 나온 거 아닙니까?

─아, 제가 지금 한정훈 선수 편들었나요? 크흠, 그럼 말을 바꾸겠습니다. 저건 반칙이죠. 저런 공을 던지니 이영규 선수가 칠 맛이 안 나는 거 아니겠습니까?

이정범의 재치 있는 입담에 양준형과 캐스터가 웃음을 터뜨렸다.

만약 다른 경기였다면 곧바로 시청자들의 항의가 쏟아졌겠지만 오늘만큼은 이보다 과해도 전혀 문제될 게 없었다.

─그럼 저도 한마디 해야겠네요. 한정훈 선수가 치라고 던져 준 공을 이글스 이영규 선수가 놓치고 말았네요. 참, 선배 공경하는 것도 쉽지가 않습니다.

—이, 162㎞/h짜리 페스트볼을 치라고 던져 줬다는 말씀이시죠?

—코스가 한가운데잖아요? 이정범 해설위원 현역 때 저런 공 날아들면 곧바로 스크린 맞추고 그랬는데 말이죠.

—이정범 해설위원, 사실입니까?

—크흠…… 뭐, 양준형 해설위원이 그렇다면 그런 거죠. 어쨌든 서군은 반칙 그만 쓰고 한정훈 선수를 마운드에서 내리는 게 공평할 것 같습니다.

전날 번트왕 대회에서 아깝게 우승을 놓쳐 대회 MVP를 노리던 이영규는 적극적으로 타격에 임했다.

하지만 충분한 휴식을 마치고 쌩쌩해진 어깨로 내던지는 한정훈의 공은 좀처럼 방망이에 맞아줄 생각을 하지 않았다.

"스트라이크, 아웃!"

첫 타자 이영규를 시작으로 타이거즈의 김우찬과 위즈의 유한진까지 삼진으로 물러났다.

투구 수 12개.

선배들이 기분 나쁘지 않도록 공 하나씩은 뺀 박기완의 배려 덕분에 세 타자 연속 3구 삼진의 참상은 막을 수 있었다.

"하아. 한정훈, 저 녀석 진짜."

"쟤는 진짜 인정사정없다니까요."

"그런데 뭐, 이제는 그러려니 해요."

"그건 그래. 그리고 저런 녀석도 하나쯤 나와 줘야 팬들도 좋아하지."

"형, 제 마누라는 엄청 싫어해요. 한정훈만 나오면 채널 돌린다니까요?"

"그건 우리 가족도 마찬가지긴 한데 어쩌겠어. 저 녀석이 잘난걸."

동부 리그 외야수 대표로 뽑힌 이영규와 김우찬, 유한진이 나란히 모여 구시렁거리는 모습이 카메라에 잡혔다.

그러자 양준형이 보란 듯이 쿡쿡 웃어댔다.

　

―하하, 동부 리그에서는 날아다니는 선수들이 한정훈 선수만 만나면 맥을 못 추는 것 같습니다.

―아, 그리고 보니 세 타자 모두 타격 5위권 안에 드는 선수들이죠? 과연 그렇네요. 이 타자들이 못 치면…… 어떤 타자가 칠 수 있을까요?

―아마 제 생각에는 한정훈 선수가 작심하고 던지는 공을 칠 만한 타자는 없을 거 같은데 말이죠.

―크흠, 길고 짧은 건 대봐야 아는 법입니다. 동부 리그에서도 데릭 쉴즈 선수가 선발로 나오니까요. 한정훈 선수 못지않은 역투를 펼쳐 주리라 기대합니다.

　

한정훈에 이어 마운드에 오른 동부 리그의 선발투수 데릭 쉴즈도 이징빔의 기대를 한몸에 받을 만큼 빼어난 투수였다.

한정훈과의 맞대결에서 패하긴 했지만 전반기에만 총 20 경기에 등판해 13승 3패, 평균 자책점 2.03으로 다승과 평균 자책점 부분 동부 지구 1위를 달리고 있었다.

그러나 사흘 전 완투를 한 데릭 쉴즈의 공의 위력은 평소만 못했다.

게다가 최근 들어 투구 수가 부쩍 늘어난 상태였다.

불펜의 피로도를 줄이기 위해 에이스인 데릭 쉴즈가 경기를 책임지는 경우가 많아졌기 때문이다.

설상가상으로 던지는 공마다 한가운데로 몰려들었다.

올스타전에 초대받은 선수 중 이런 공을 그냥 내버려 둘 타자는 한 명도 없었다.

선두 타자로 나선 히어로즈의 서건하가 3구 체인지업을 잡아당겨 좌익선상에 안타를 때려냈다.

뒤이어 들어선 다음 타자는 초구를 노려 여유 있게 2루에 들어갔다.

그러자 다이노스의 박인우가 곧장 적시타를 때려냈다.

잡아당긴 타구가 1, 2루 간을 꿰뚫으며 2루 주자 서건하를 홈으로 불러들인 것이다.

뒤이어 타석에 들어선 베어스의 강타자 토니 핸드릭도 장타를 터뜨렸다.

힘 있게 밀어 친 타구가 좌익수 뒤 펜스를 강타했다.

그사이 1루 주자 박인우가 3루까지 들어갔다.

잘만 하면 홈 승부가 가능했지만 올스타전인 걸 감안해서 염경혁 히어로즈 감독이 멈추라는 사인을 냈다.

그리고 타석에 다이노스의 4번 타자이자 서부 올스타의 4번 타자인 에릭 테일즈가 들어섰다.

─데릭 쉴즈 선수, 경기 초반부터 위기를 맞습니다.

─구속을 보아하니 아무래도 피로가 다 풀리지 않은 것 같습니다.

─네, 저도 양준형 해설위원 말에 공감합니다. 만약 오늘이 올스타전이 아니었다면 데릭 쉴즈 선수가 저 컨디션으로 마운드에 올라오지 않았을 것 같습니다.

─그런데 산 넘어 산이라고 타석에 에릭 테일즈 선수가 들어왔는데요.

─데릭 쉴즈 선수, 어렵게 가야 합니다. 아무리 올스타전이라지만 제대로 구속이 나오지 않는 공을 한가운데 던졌다가 큰 걸 맞을지도 모릅니다.

─맞습니다. 데릭 쉴즈 선수, 침착하게 승부해야죠.

─말씀드리는 순간 데릭 쉴즈 선수, 와인드업! 아아! 큽니다. 타구가 쭉쭉 뻗어 나갑니다.

─하아, 넘어갔네요.

─네, 넘어갔습니다.

해설진의 한숨 소리와 함께 테일즈의 타구가 그대로 우측 담장을 넘겨 버렸다.

그러자 동부 리그 감독 자리에 앉은 이글스 김성은 감독이 고개를 절레절레 흔들고는 투수 교체를 지시했다.

데릭 쉴즈가 마운드에서 내려오면서 동부 리그 마운드는 다시 안정을 되찾았다.

하지만 4 대 0이라는 점수 차이는 쉽게 좁혀지지 않았다.

"정훈아, 한 이닝 더 던질래?"

다이노스 김영문 감독이 한정훈의 의사를 물었다.

아무래도 에릭 테일즈 쪽으로 MVP가 기울어지는 게 미안한 눈치였다.

"아닙니다. 저는 충분히 즐겼습니다."

한정훈이 멋쩍게 웃으며 말했다.

자신을 포함해 투수가 9명이나 뽑힌 상황이었다.

하나같이 1이닝 정도는 충분히 막아줄 수 있는 투수들이었다. 여기서 굳이 무리를 할 필요는 없어 보였다.

한정훈의 뒤를 이어 테너 제이슨이 마운드에 올랐다.

테너 제이슨은 특유의 각이 큰 슬라이더를 통해 1과 1/3이닝 동안 삼진 두 개를 솎아내며 동부 리그 타자들의 방망이를 묶었다.

이승민도 8회에 등판해 세 타자를 삼진 하나와 땅볼 두 개로 처리하고 마운드를 내려왔다.

스톰즈 출신 투수들의 호투 속에 경기는 6 대 2, 서부 리그 올스타의 승리로 끝이 났다.

MVP는 결승 홈런 포함 2안타를 때린 에릭 테일즈에게 돌아갔다.

한정훈은 1이닝 동안 3개의 탈삼진을 잡아 우수 투수상과 최다 탈삼진상을 수상했다.

"와, 진짜 넌 상복 하나는 끝내준다."

아무 생각 없이 앉아 있다가 1천만 원의 포상금을 챙기고 돌아온 한정훈을 바라보며 이승민이 부러움을 감추지 못했다.

반면 테너 제이슨은 단단히 심통이 난 얼굴이었다.

최우수 투수상을 받기 위해 한정훈보다 한 타자 많은 4타자를 상대했는데 정작 한정훈이 모든 상을 쓸어가 버린 것이다.

"이건 인종차별이야."

테너 제이슨이 자신의 전담 통역인 이한기에게 불만을 늘어놓았다.

삼진은 2개뿐이었지만 서부 리그 투수 중 가장 많은 4타자를 상대했는데 최우수 투수에 뽑히지 못한 게 차별처럼 느껴진 것이다.

"이, 인종차별이라니. 오해야. 그냥 한정훈이 잘 던진 거라고."

이한기는 진땀을 빼며 테너 제이슨을 달랬다. 그러나 테너 제이슨은 굳은 얼굴을 풀지 않았다.

이러다가 팀에 돌아가서도 감정적으로 구는 게 아닌가 걱정이 들 정도였다. 하지만 테너 제이슨의 불만 가득한 얼굴은 한정훈의 한마디에 금세 풀어져 버렸다.

"야, 제이슨. 고기 먹으러 가자."

"고기?"

"그래, 네가 좋아하는 소고기."

"좋아! 가자!"

소고기라는 말에 테너 제이슨이 어린아이처럼 좋아했다.

구단 회식 때마다 고기 킬러로 명성을 떨치고 있는 그에게 한정훈의 제안은 그 어떤 위로보다 마음에 와 닿았다.

그렇게 말도 많고 탈도 많았던 올스타전이 끝이 났다.

그리고 그날 저녁부터 전국적으로 비가 내리기 시작했다.

5

올스타전이 끝나자 자연스럽게 야구팬들의 관심사는 자카르타 아시안 게임으로 향했다.

자카르타 아시안 게임은 8월 18일에 개막해 9월 2일까지 이어진다.

그중 야구는 8월 25일부터 9월 1일까지 8일간 일정이 잡혀 있었다.

당초 KBO는 대표 선수 소집부터 귀국까지 최대 2주를 잡고 그 기간 동안 정규 일정을 강행하겠다는 뜻을 밝혔다.

가뜩이나 경기 수가 늘어난 상황에서 2주간 시즌을 중단시키기란 무리라고 판단한 것이다.

하지만 대다수의 구단이 반대의 뜻을 표했다.

8월 말이면 포스트시즌 진출을 놓고 각 팀 간의 신경전이 한창일 때인데 팀의 주축 선수들이 빠진 상황에서 경기를 치르는 건 변수가 너무 크다는 우려의 목소리가 높았다.

결국 KBO는 자카르타 아시안 게임이 치러지는 2주간 휴식 기간을 갖기로 최종 결정을 내렸다.

자연스럽게 정규 시즌 일정과 포스트시즌 일정이 뒤로 밀리게 됐지만 야구팬들도 옳은 결정이라며 박수를 보냈다.

ㄴ당연히 쉬어야지. 대표 선수들이 불안해서 경기나 제대로 치르겠냐?

ㄴ내 말이. 그건 그렇고 대표 선수 선발은 언제부터 하는 거야?

ㄴ일단 감독부터 정해야 하는데……. 그냥 김인선 감독이 하는 게 낫지 않나?

ㄴ맞아. 우리도 국가 대표 전임 감독 체제로 가야지.

상당수의 팬은 김인선 감독 체제를 바랐다.

다행히 협회에서도 올스타전 브레이크가 끝나는 23일, 김인선 감독을 아시안 게임 야구 대표팀 사령탑으로 선임한다는 소식을 전했다.

"일정이 빠듯하니까 1차 선발과 2차 선발로 선수들을 최종 선발하겠습니다."

김인선 감독은 발 빠르게 선수 선발 위원회를 구성했다.

그리고 각 구단의 추천 선수들과 선수 선발 위원회의 추천 선수들을 버무려 1차적으로 2배수인 48명의 예비 명단을 발표했다.

투수 부분 22명.

류현신(다저스), 이대금(마린스), 한정훈, 이승민(스톰즈), 윤성민, 양현중(타이거즈), 김강현, 박정훈(와이번즈) 성진우(스타즈), 정우찬(라이온즈), 이현우(베어스), 조무곤(위즈), 우규인, 류인국(트윈스) 임창진, 이민우, 이재혁(다이노스) 박세운(자이언츠) 조성우(히어로즈), 정우남(이글스), 송명하(한성대), 주승기(동곡대)

김인선 감독은 투수는 물론 야수 부분에서도 각 구단마다 한 명씩은 예비 엔트리에 포함을 시켰다.

최종 엔트리 발표 전까지 각 구단 팬들의 불만과 반발을 최소로 줄이기 위한 일종의 안전장치였다.

그러나 성격 급한 야구팬들은 벌써부터 예비 명단의 옥석을 가리느라 정신이 없었다.

└류현신은 좀 오버다. 그냥 집어넣었겠지.

└류현신한테 올해가 얼마나 중요한데 오란다고 오겠냐?

└이대금은 가능할지도. 본인도 절박하니까.

└어차피 선발진은 포화 아니냐? 한정훈에 윤양김, 거기다 이대금까지. 이렇게만 해도 5명인데?

└선발은 대충 그 정도로 짜고 불펜을 짱짱하게 만들어야지.

└일단 조성우하고 정우남은 데려가야 하는 거 아니냐? 임창진하고 정우찬도 제 몫은 할 것 같은데?

└김인선이 투수를 몇 명 데려갈지가 문제야. 어차피 아마추어 한 명 데려가야 하니까 10명 데려간다면 실질적으로 9명밖에 못 데려가는 거임.

└그럼 선발을 줄여야 하는 거 아냐?

야구팬들은 선발 숫자를 두고 다투고 불펜 명단을 두고 다퉜다.

그러다가도 팬심을 내세운 특정 구단 팬들이 말도 안 되는 명단을 들이밀면 먼지가 되도록 까대는 것도 잊지 않았다.

└그런데 누가 명단을 짜도 한정훈은 꼭 들어가네?

ㄴ그럼 븅신아 한정훈 빼고 누굴 데려갈 건데?

ㄴ맞아. 한정훈 실력이 안 된다고 빼 버리면 저기 명단에 든 선수들 전부 아웃일 텐데?

ㄴ내 말이. 한정훈이 류-김의 대를 잇는 일본 킬러가 될 텐데 한정훈 가지고 트집 잡는 이유가 뭐냐? 너 국적이 어디냐?

야구팬들은 한목소리로 한정훈의 대표팀 승선을 원했다.

선발이 몇 명이 되더라도 일단 한정훈은 100퍼센트 뽑힌다고 가정하고 엔트리를 짜는 경우가 많았다.

이례적으로 김인선 감독도 모 언론과의 인터뷰에서 한정훈의 투구를 칭찬하며 대표팀의 기대주라는 사실을 숨기지 않았다. 하지만 정작 한정훈은 생각만큼 기분이 좋지 않았다.

연이은 비로 인해 등판 일정이 계속해서 밀리고 있기 때문이었다.

'이런 식으로 가다간 컨디션 조절하기 어려운데.'

한정훈이 시커멓게 물든 하늘을 올려다봤다. 그러자 하늘이 뭘 쳐다보냐며 굵은 빗물을 와장창 쏟아냈다.

35장
한정훈은 한정훈이다

1

"하아……."

축축하게 젖은 그라운드를 바라보며 한정훈이 한숨을 내쉬었다.

기상청은 내일까지 비가 내린다고 했다. 실제로 어제 경기도 우천으로 취소가 된 상태였다.

하지만 잠시 날이 개자 경기 감독관은 경기를 강행했다. 어제 잔뜩 내린 비 때문에 그라운드가 엉망이 됐는데도 말이다.

설상가상으로 그라운드를 재정비하느라 한 시간이 늦어

졌다.

개었던 하늘에서 다시 가느다란 빗줄기가 쏟아졌지만 경기 감독관은 입장을 고수했다.

그러다 결국 3회 말 와이번스의 공격을 앞두고 빗줄기가 굵어지자 경기가 중단되고 말았다.

"아무래도 우천 취소될 거 같은데."

박기완이 불안한 얼굴로 중얼거렸다. 자연스럽게 한정훈의 얼굴도 굳어졌다.

오늘까지 우천 취소가 결정되면 잔여 경기만 3경기로 늘어나게 된다.

올스타전 이전까지는 우천 취소된 경기를 휴식일로 미뤄치르는 게 가능했지만 4연전이 연속해서 잡히기 시작하는 지금부터는 무조건 잔여 경기로 넘길 수밖에 없었다.

문제는 한정훈의 등판마다 비가 쏟아진다는 점이다.

25일 타이거즈와의 홈경기에서도 경기 도중 내린 빗줄기 때문에 노게임이 선언됐다.

한정훈을 보기 위해 몰려들었던 관중들은 아쉬움을 감추지 못했다.

그러나 관중들보다 더 아쉬운 건 한정훈이었다.

4이닝 동안 안타 하나만 허용하며 탈삼진을 8개나 솎아냈는데 모든 게 빗물에 씻겨 날아가 버렸으니 허탈한 마음을 감추기 어려웠던 것이다.

그런데 다시 6일을 기다린 와이번스와의 원정 경기에서도 같은 상황이 반복되고 있었다.

"힘내. 이대로 끝나면 등판 일정 좀 조정해 주시겠지."

박기완이 한정훈의 어깨를 두드렸다.

지난 타이거즈전과는 달리 오늘 한정훈의 투구 수는 많지 않았다.

17구.

와이번스 타자들이 적극적으로 공을 공략해 준 덕분이었다.

"그래. 이대로 경기가 끝난다면."

한정훈이 굳은 얼굴로 중얼거렸다.

장맛비에 페이스가 뚝 떨어진 팀 사정을 감안해서라도 등판 일정을 최대한 앞당기고 싶었다.

현재 스톰즈는 3위 자리가 위태로운 상태였다.

타이거즈와의 홈 4연전 첫 경기에서 테너 제이슨이 타이거즈 양현중과의 맞대결에서 패배한 게 컸다.

사흘 전 올스타전에서 무리해서 공을 던진 게 알게 모르게 영향을 끼친 것이다.

균형을 맞추기 위해 등판한 한정훈은 노게임으로 물러났다.

폭우의 영향으로 다음 날도 우천 취소.

그리고 그라운드 사정이 좋지 않은 상태에서 열린 마지막 경기마저 난타전 속에 패배하고 말았다.

2패를 떠안고 시작한 와이번스와의 원정 4연진도 패배의 연속이었다.

첫날 경기는 배용수가 6이닝 3실점으로 호투를 했지만 불펜이 불을 지르며 역전패를 당했다.

최종 스코어 7 대 5.

유독 승운이 따르지 않는 배용수는 3경기 연속 7승 달성에 실패하고 말았다.

둘째 날 경기는 11일 만에 등판한 마크 레이토스의 컨디션이 좋지 않았다.

전반기 막판에 체력적인 문제를 보이던 레이토스를 위해 장기 휴식을 결정한 게 오히려 독이 된 것이다.

5이닝 동안 4실점 하며 최선을 다한 레이토스를 타자들이 도와주지 못했다.

와이번스 선발 김강현의 공 앞에 5안타 빈공(貧攻)에 시달리며 1득점에 그쳤다.

이날 경기도 4 대 1로 와이번스가 가져갔다.

어제 경기는 비로 인해 우천 취소가 결정됐다.

몸을 다 풀고 그라운드에 오르기만 기다렸던 선수들은 경기 시작 직전에 내린 비를 한 시간 가까이 지켜본 뒤에야 숙소로 돌아올 수 있었다.

로이스터 감독은 오늘 경기를 테너 제이슨이 맡기려 했다.

오늘 경기도 우천 취소될 가능성이 높은 만큼 하루 휴식일을 갖고 열리는 베어스와의 4연전 첫 경기에 한정훈을 등판시키는 게 낫다고 판단한 것이다.

하지만 테너 제이슨이 거절했다. 컨디션 조절이 쉽지 않다는 이유에서였다.

실제로 테너 제이슨은 전반기에도 우천으로 인해 등판 일정이 잠시 밀린 경기에서 부진한 투구 내용을 보여주었다.

성적으로 몸값을 증명해야 하는 테너 제이슨의 입장에서는 로이스터 감독의 요청이 부담스러울 수밖에 없었다.

결국 선발 바통은 한정훈에게 돌아왔다.

그리고 우천 취소될 것이라 여겼던 경기가 열리면서 로이스터 감독의 머릿속이 복잡하게 변해 있었다.

"이대로 경기가 끝나면 한정훈을 언제쯤 투입시킬 수 있을까요?"

로이스터 감독이 차영석 수석 코치를 바라보며 물었다.

"글쎄요. 정훈이의 몸 상태를 봐야겠지만 일요일 경기는 가능하지 않을까 싶습니다."

차영석 코치가 베어스와의 4연전 마지막 경기를 짚었다.

비슷한 생각을 했던지 로이스터 감독도 고개를 주억거렸다.

본래라면 마크 레이토스가 등판할 경기였다.

하지만 계속해서 내리는 비 때문에 레이토스의 컨디션이 좋지 않은 상황이라 한정훈과 선발 순서를 맞바꾸는 것도 나쁘지 않을 것 같았다.

"1선발이 된다 해도 한정훈은 지금처럼 잘 던져 주겠죠?"

로이스터 감독이 다시 차영석 코치를 바라봤다.

그러자 차영석 코치가 씩 웃었다.

"한정훈은 한정훈이니까요."

투수 로테이션상 3선발로 등판한다고 해서 한정훈이 지금껏 쉽게 승수를 쌓아왔던 것은 아니다.

외국인 용병 투수를 2명 이상씩 보유하는 게 일반적인 상황에서 다른 구단의 3선발들도 한정훈처럼 국내 에이스급 선수인 경우가 많았다.

게다가 일부 구단들은 한정훈의 등판 때 일부러 등판 순서를 바꿔 외국인 용병 투수와 맞붙이기도 했다.

그때마다 한정훈은 실력으로 이겨냈다. 1선발로 올라가 에이스급 투수들과 상대한다 하더라도 달라지는 건 많지 않을 것 같았다.

그때였다.

"가, 감독님! 빗줄기가 가늘어지는데요?"

하늘을 올려다보던 조인상 코치가 허겁지겁 달려왔다.

자연스럽게 로이스터 감독과 차영석 코치의 얼굴이 굳어졌다.

"설마…… 이런 상황에서 경기를 재개하거나 그러지는 않겠죠?"

차영석 코치가 애써 농을 던졌다. 하지만 불행히도 그 농은 현실이 되고 말았다.

2

"미치겠네."

한정훈은 그저 한숨만 났다.

조금 전보다 가늘어졌다뿐이지 여전히 빗줄기가 거셌다.

게다가 방수포를 어떻게 깔았는지 몰라도 마운드가 질퍽하게 변해 있었다.

신경질적으로 발을 휙휙 차낼 때마다 묽은 흙덩어리들이 사방으로 튕겨져 나갔다.

그 모습이 중계팀의 카메라에도 포착됐다.

─마운드 사정이 좋지 않은가 본데요.

─그러게 말입니다. 아무래도 경기 중단을 좀 늦게 선언했던 게 영향을 미친 것 같습니다.

─어쨌든 경기 감독관은 경기가 가능하다고 판단을 했는데요.

─아무래도 아시안 게임 브레이크를 고려하지 않을 수가 없었겠죠. 2주나 시즌 일정이 연기가 되는데 우천 취소 경기가 늘어나면 최악의 경우 11월에 포스트시즌을 치러야 할지도 모르니까요.

─말씀드리는 순가 타석에 7번 타자 이재운 선수가 타석에 들어섭니다.

와이번스의 선두 타자는 포수 이재운이었다.

다른 팀 포수들은 대부분 쉬어가는 타순인 반면 이재운은 타격 능력이 빼어난 편이었다.

한정훈을 상대로도 3타수 1안타, 0.333의 타율을 기록하고 있었다.

'초구는 바깥으로 하나 빼 보자.'

박기완이 바깥쪽으로 미트를 들어 올렸다.

구종은 포심 패스트볼.

한정훈은 가볍게 고개를 끄덕거렸다. 그리고 공을 힘껏 움켜쥔 뒤 박기완의 미트를 향해 내던졌다.

펑엉!

요란한 포구음과 함께 심판의 스트라이크 콜이 이어졌다.

다행히도 초구는 박기완이 원하는 곳에 정확하게 꽂혀들어 갔다.

"허어……."

이재운이 타석에서 혀를 내둘렀다.

이 정도로 비가 오는 상황에서 베테랑도 아닌 신인 투수가 아무렇지도 않게 공을 던질 줄은 몰랐다는 표정이었다.

그러면서 이재운은 홈 플레이트 쪽으로 조금 더 바짝 다가

섰다. 마치 바깥쪽 공을 노리기라도 하는 것처럼 말이다.

'2구째는…… 몸 쪽으로.'

잠시 미간을 찌푸리던 박기완이 곧바로 사인을 냈다.

구종은 투심 패스트볼.

설사 이재운이 몸 쪽 공을 기다린다 하더라도 투심 패스트볼의 무브먼트라면 쉽게 공략해 내지 못할 거라 판단했다.

한정훈은 박기완의 요구대로 투심 패스트볼 그립을 단단히 움켜쥐었다.

그리고 구속보다는 제구에 신경 쓰며 이재운의 몸 쪽으로 바짝 공을 붙였다.

따악!

공이 눈에 들어오자 이재운이 반사적으로 방망이를 휘돌렸다.

몸 쪽 공을 기다리고 있었던 것인지 먹혀야 할 타구가 비교적 시원한 소리를 내며 뻗어 나갔다.

그러나 타구는 3루 라인을 완전히 벗어나 관중석으로 넘어가 버렸다.

"젠장할."

순식간에 투 스트라이크에 몰린 이재운의 눈매가 굳어졌다.

2구를 조금만 더 침착하게 때렸어야 했는데. 때늦은 후회감이 물밀 듯 밀려들었다.

'이렇게 된 거, 몇 구 더 걸러내야 해.'

이재유은 자신의 노림수를 확인한 한정훈이 쉽게 몸 쪽 승부를 걸지 않을 것이라 여겼다.

그래서 한정훈이 어쩔 수 없이 몸 쪽으로 공을 던지도록 바깥쪽 코스에 대비하며 버텨볼 생각이었다.

하지만 박기완은 까다로운 이재운과 승부를 오래 끌고 가고 싶지 않았다.

박기완이 다시 몸 쪽으로 미트를 가져다 붙였다.

구종은 포심 패스트볼.

포심 패스트볼이라면 빗속에서도 구위가 크게 줄어들지는 않을 것이라고 여겼다.

한정훈도 가볍게 고개를 끄덕였다. 그렇지 않아도 비에 젖은 유니폼이 점점 무거워지고 있었다.

그 무게감이 피로로 전환되기 전에 속전속결로 이닝을 마무리 짓고 싶었다.

"후우……."

천천히 숨을 고른 뒤 한정훈이 박기완의 미트를 노려봤다. 그리고 있는 힘껏 다리를 끌어 올렸다.

후아앗!

한정훈의 손끝을 빠져나온 공이 쏜살같이 이재운의 몸 쪽을 파고들었다.

흠칫 놀란 이재운이 다급히 허리를 돌려 보았지만 공은 방망이보다 한 발 먼저 홈 플레이트를 스치고 지났다.

퍼어엉!

시원시원한 포구 소리가 경기장에 울려 퍼졌다.

"스트라이크, 아웃!"

심판이 기다렸다는 듯이 삼진을 선언했다.

−한정훈 선수, 이재운 선수를 3구 삼진으로 돌려세웁니다.

−볼 배합이 좋았죠? 이재운 선수의 노림수를 완전히 역으로 파고들었습니다.

−역시 영리한 선수입니다.

−그렇습니다. 보통 프로에 갓 데뷔한 투수들은 우천 경기 때 고전하게 마련인데 한정훈 선수는 상당히 침착해 보입니다.

해설진들은 한정훈이 우천 경기를 치르는 노하우를 가지고 있다며 칭찬을 아끼지 않았다.

하지만 정작 한정훈은 점점 굵어지는 빗줄기에 곤욕스러워 하고 있었다.

'이런 날씨에 계속 공을 던지라는 거야?'

잠시 구심을 노려보던 한정훈이 투수판을 밟았다.

타석에는 8번 타자 김성헌이 방망이를 짧게 쥔 채 한정훈을 노려보고 있었다.

박기완은 초구에 몸 쪽 사인을 냈다.

이재운만큼이나 홈 플레이트 쪽으로 바짝 다가선 김성헌이 신경 쓰인 것이다.

한정훈도 신경질적으로 고개를 끄덕였다.

일부러 몸 쪽 코스를 좁혀서 빈볼을 의식하게 만든 다음에 자신이 강점을 보이는 바깥쪽 승부를 끌고 가려는 김성헌의 속내가 훤히 보였다.

'내가 아직도 애송이로 보이나 본데 어림없지.'

잠시 숨을 고른 뒤 한정훈이 빠르게 투구 동작을 이어갔다.

그런데……!

"……!"

스트라이드 한 발을 내딛는 순간 미묘하게 중심축이 흔들려 버렸다.

'젠장할!'

이대로 엉겁결에 공을 놓았다간 김성헌의 머리 쪽으로 공이 날아갈 것만 같았다.

한정훈은 이를 악물고 공을 앞쪽으로 끌어냈다. 그 바람에 공이 한가운데로 몰려 버렸다.

따악!

김성헌이 반사적으로 방망이를 휘둘렀다.

그리고 그 타구가 하필이면 균형을 잃은 한정훈의 정면으로 향했다.

퍼엇!

물 먹은 그라운드를 강타한 타구가 한정훈의 얼굴 쪽으로 솟구쳤다.

한정훈은 냅다 글러브를 낀 왼손을 추켜들었다.

타구를 잡겠다는 생각보다 얼굴을 보호해야겠다는 본능이 먼저 치민 것이다.

팍!

한정훈의 글러브 끝에 걸린 타구가 힘을 잃고 3루 쪽으로 굴러갔다.

3루수 김주현이 공을 잡았을 때는 이미 김성헌이 1루 베이스를 지나친 뒤였다.

"정훈아! 괜찮아?"

"한정훈 선수, 손 좀 줘 봐요. 빨리요!"

경기가 잠시 중단되고 팀닥터와 차영석 수석 코치가 마운드로 달려왔다.

"괜찮아요."

한정훈이 대수롭지 않다는 투로 말했다.

한정훈의 글러브를 벗겨 손을 꼼꼼히 살핀 팀닥터도 이내 고개를 끄덕거렸다.

"정훈아, 무리하지 말고 그만 내려가자."

차영석 코치가 걱정 가득한 얼굴로 한정훈을 바라봤다.

오늘 경기는 감이 좋지 않았다. 날씨부터 시작해 무엇 하나 계획대로 풀리는 게 없었다.

게다가 퍼붓는 빗줄기로 봐서는 언제 경기가 중단될지 알수가 없었다.

이런 날 팀의 에이스가 마운드를 지키는 건 무의미한 짓이었다.

조금 얌체 같아 보이더라도 불펜 투수들에게 마운드를 넘기는 편이 나았다.

하지만 한정훈은 이내 고개를 흔들었다.

주자라도 없다면 모르겠지만 이런 상황에서 웃으며 마운드에 올라올 수 있는 불펜 투수는 없었다.

"이번 이닝까지는 제가 마무리할게요."

한정훈이 투수판을 꾹 밟고 섰다.

그리고 아무렇지도 않다는 걸 확인하듯 연습 투구를 던졌다.

파아앙!

거세진 빗줄기 속에서도 포심 패스트볼의 위력은 여전했다.

"대신 여차하면 바로 바꿀 테니까 그런 줄 알아."

차영석 코치가 어쩔 수 없다며 마운드를 내려갔다.

그러자 인천 구장을 가득 메운 팬들이 한정훈을 향해 박수를 치기 시작했다.

—한정훈 선수, 에이스답네요.

—네, 맞습니다. 팀이 힘들 때 마운드에서 버텨주는 것. 그

게 에이스의 역할인데 저 어린 선수가 그걸 제대로 이해하고 있네요.

　─스톰즈의 불펜 상황이 좋지 않다는 것도 어느 정도 영향을 끼쳤겠죠?

　─그럴 가능성도 배제하기 어렵지요. 솔직히 정희운 선수를 제외한다면 한 이닝을 믿고 맡길 만한 불펜 투수가 없으니까요.

　─어쨌든 한정훈 선수의 책임감 있는 모습, 보기 좋습니다.

　해설진들도 한정훈에게 칭찬의 말을 아끼지 않았다.

　어리지만 팀을 위해 헌신하는 한정훈의 모습에 제법 감동을 받은 듯했다.

　물론 한정훈이 마운드에서 버티는 걸 이해하지 못하는 팬들도 적지 않았다.

　ㄴ로이스터 감독은 뭐 하고 있는 거야? 한정훈을 왜 안 내려?

　ㄴ한정훈이 똥고집 부리는 거 아냐?

　ㄴ한정훈도 멍청하네. 보아하니 우천 취소될 거 같은데 쓸데없이 버텨서 뭐하려고?

　ㄴ내 말이. 저러다 감기라도 걸리면 자기만 손해 아닌가?

일부는 한정훈이 에이스답다고 말했고 일부는 한정훈이 미련하다고 말했다.

그러나 정작 한정훈의 머릿속에 든 생각은 한 가지뿐이었다.

이닝을 빨리 끝내고 마운드에서 내려가자.

그라운드에서 비를 맞고 있는 건 한정훈만이 아니었다.

포수 박기완을 비롯해 야수 8명의 유니폼도 쏟아지는 빗물에 흠뻑 젖어 있었다.

이런 상황에서 마운드에 오른 투수가 할 수 있는 일은 간단하고 명확했다.

후아앗!

한정훈은 혼신의 힘을 다해 패스트볼을 내던졌다. 이제 더는 다른 걸 탓할 여유가 없었다.

퍼엉!

미트를 타고 느껴지는 묵직한 울림에 박기완도 질근 입술을 깨물었다.

한정훈의 의지를 전해 받은 이상 그 역시도 극단적인 리드를 가져갈 수밖에 없었다.

퍼엉!

퍼엉!

고작 연습 투구에 불과했지만 요란한 포구 소리는 함께 고생하는 야수들의 마음도 흔들어 놓았다.

평소처럼 힘차게 공을 던지는 한정훈을 바라보며 야수들이 피식 웃었다.

"우리 정훈이 화났네."

"금방 끝나겠구나."

야수들은 온몸을 짓누르던 짜증을 가볍게 털어냈다.

나이 어린 한정훈이 작심하고 공을 던지겠다는데 선배란 사람들이 어깨를 축 늘어뜨리고 있을 수는 없는 노릇이었다.

그사이 김광민이 천천히 타석으로 걸어 들어왔다.

"후우……."

습관처럼 방망이를 휘돌린 뒤 김광민이 타격 자세를 잡았다. 그러자 1루 주자 김성헌이 슬금슬금 리드를 넓혔다.

1루를 슬쩍 바라보던 한정훈은 이내 포수 쪽으로 고개를 돌렸다.

발이 빠르지 않은 김성헌이 진흙탕을 밟아가며 도루를 할 것 같진 않았다.

아니, 설사 김성헌이 도루를 감행한다 하더라도 박기완이라면 얼마든지 잡아낼 수 있었다.

시즌 초까지만 하더라도 1할대의 도루 저지율로 최연소 자동문 소리를 듣던 박기완의 도루 저지 능력은 5월을 기점으로 완전히 달라져 있었다.

타고난 어깨에 앉아 싸로 불리던 조인상 코치의 노하우를 빠르게 습득하면서 도루 저지율을 3할대 중반까지 끌어올린 것이다.

시즌 초반을 제외하면 최근의 도루 저지율은 4할대 후반에 달했다.

거의 두 명 중 한 명은 잡아내다 보니 각 팀을 대표하는 준족들이 아니고서야 감히 뛸 생각을 하지 못했다.

박기완도 언제든 김성헌을 잡아낼 자신이 있었다. 그래서 김광민의 몸 쪽으로 미트를 붙였다.

한정훈은 가볍게 고개를 끄덕였다. 그리고 박기완의 미트만 바라보며 공을 내던졌다.

퍼엉!

순식간에 홈 플레이트를 지난 포심 패스트볼이 박기완의 미트 속으로 빨려 들어갔다.

바깥쪽 공을 기다렸던 김광민은 선 채로 지켜보았다.

코스가 워낙 아슬아슬했기 때문에 볼 판정이 날지도 모른다고 여긴 것이다.

그러나 심판은 가차 없이 스트라이크를 외쳤다.

오늘 경기 내내 몸 쪽 코스를 후하게 잡아줬다는 걸 잊지 않은 모양이었다.

스트라이크존을 확인한 김광민이 살짝 뒤로 물러섰다.

한정훈이 이재운에게 몸 쪽 승부를 가져갔다는 사실을 염두에 둔 것이다.

그러자 박기완이 기다렸다는 듯이 바깥쪽 커터를 주문했다.

'힘들더라도 아슬아슬하게 던져 줘. 칠 생각이 들지 않도록.'

한정훈은 이번에도 박기완의 기대에 완벽하게 부응했다.

구속보다는 제구에 집중해 홈 플레이트 바깥쪽을 훑고 지나는 궤적을 만들어낸 것이다.

"스트라이크!"

포구 지점은 살짝 바깥으로 벗어났지만 심판은 이번에도 스트라이크를 외쳤다.

커터의 궤적상 마지막 순간에 오른손 타자의 바깥쪽으로 도망 나갈 수밖에 없었다.

김광민이 너무 먼 게 아니냐며 항의했지만 심판은 단호하게 고개를 저었다.

투 스트라이크에 몰린 김광민이 방망이를 짧게 쥐었다.

한정훈이 던질 유인구에 대비하기 위해서는 스윙이 간결해질 필요가 있다고 판단한 것이다.

하지만 박기완은 본래 승부를 오래 끌고 가는 성격이 아니었다.

너무 빠른 승부를 보려다 안타를 맞는 경우가 많아서 성격에 맞지 않은 유인구를 섞긴 했지만 마운드에 선 투수가 한정훈이라면 그럴 필요가 전혀 없었다.

'여기! 여기로 꽂아 넣어!'

박기완은 한가운데 높은 쪽으로 미트를 들어 올렸다.

타자들이 가장 좋아하지만 반대로 가장 치기 어려워하는 하이 패스트볼.

그 공으로 김광민을 잡아낼 생각이었다.

사인을 확인한 한정훈이 로진 백을 두둑하게 두드렸다. 그리고 공을 단단히 움켜쥐었다.

완벽한 공을 던져야 한다는 부담감이 어깨를 잠시 짓눌렀다.

하지만 그 묵직함은 심장이 뿜어낸 뜨거운 열기로 인해 금세 녹아내렸다.

후웁.

짧게 숨을 들이켠 뒤 한정훈이 곧장 투구를 시작했다.

파앗!

힘껏 내디딘 발에 짓눌린 흙탕물이 거칠게 튀어 올랐다.

그러나 한정훈은 아랑곳하지 않고 최대한 앞쪽까지 팔을 끌고 가 공을 뿌렸다.

후아앗!

거칠게 쏟아지는 빗물을 튕겨내며 공이 총알처럼 날아들었다.

김광민은 자신도 모르게 방망이를 휘둘렀다.

그러나 공은 방망이의 윗부분을 지나 그대로 포수 미트 속에 파묻혔다.

"스트라이크, 아웃!"

김광민을 3구 삼진으로 돌려세운 한정훈이 가볍게 어깨를 풀었다.

전력을 다해 공을 던지는데도 어깨가 식어가고 있었다.

그만큼 거센 빗줄기는 멈출 생각을 하지 않았다.

구심도 잠시 하늘을 올려다봤다.

경기 중단을 선언하고 싶을 만큼 빗줄기가 굵었다. 하지만 장마철이라는 걸 감안하면 쉽게 입이 떨어지지 않았다.

그사이 와이번스의 1번 타자 조시 브란트가 타석으로 들어왔다.

"왜 이런 날씨에 경기를 하는 거야?"

물이 고인 타석에 마지못해 발을 담근 조시 브란트가 이맛살을 찌푸렸다.

어지간해서는 우천 취소가 없는 메이저리그에서도 이런 날씨에 경기를 하지는 않았다.

굵은 빗줄기에 시야가 가릴 정도인데 경기를 강행한다는 게 이해가 가지 않았다.

무엇보다 이해가 가지 않는 건 저 투수였다.

포스트시즌도 아닌데 비로 씻길지 모를 이런 경기를 위해 이를 악물고 공을 던지고 있었다.

'어딜 가나 저런 미친놈은 하나씩 있다니까.'

고개를 절레절레 흔들며 조시 브란트가 타격 자세를 취했다.

그러자 곧장 한정훈의 공이 날아들었다. 군더더기 하나 없는 바깥쪽 꽉 찬 스트라이크였다.

'진짜 괴물 같은 놈이야.'

한정훈에 대한 표현이 순식간에 미친놈에서 괴물 같은 놈으로 바뀌었다.

그만큼 빗속을 뚫고 들어오는 한정훈의 포심 패스트볼은 위력적이었다.

지난 경기에서도 느꼈지만 무브먼트만큼은 당장 메이저리그에 간다고 해도 통할 것 같았다.

잡념을 털어내듯 헬멧을 고쳐 쓴 뒤에 조시 브란트가 3루 코치를 바라봤다.

그러자 3루 코치가 씩 웃으며 강공 사인을 냈다.

'내가 저 공을 칠 수 있었으면 이런 코딱지만 한 나라에 야구하러 왔겠어?'

조시 브란트가 쓰게 웃었다.

눈에 익는 140㎞/h대의 공이라면 어떻게든 맞춰내겠지만 한정훈의 공은 너무 빨랐다.

최고의 몸 상태로 작심하고 공략한다 해도 정타를 때려내기 어려울 정도였다.

하물며 이런 날씨에 이런 기분 상태로 안타를 만들기란 불가능한 일이었다.

퍼엉!

퍼엉!

조시 브란트는 공 두 개를 그대로 지켜만 봤다.

2구와 3구 모두 철저하게 바깥쪽 아슬아슬한 코스로 파고 드는 패스트볼이었다.

방망이를 가져다 댄다 하더라도 파울밖에 나오지 않을 것 같았다.

조시 브란트가 맥없이 물러서자 와이번스 관중석이 차갑게 식어버렸다.

와이번스 더그아웃도 마찬가지.

틈만 나면 태업을 일삼는 조시 브란트를 못마땅한 눈으로 쳐다봤다.

"공이 안 보였다고."

글러브를 챙기며 조시 브란트가 불만스럽게 투덜거렸다.

그러나 그 말을 곧이곧대로 받아들이는 선수는 아무도 없었다.

스톰즈의 더그아웃도 조용하긴 마찬가지였다.

십여 분 동안 거센 비를 맞으며 수비를 한 탓에 대부분의 선수가 지쳐 있었다.

하지만 그들의 눈빛만큼은 살아 있었다.

쏟아지는 빗속에서도 꿋꿋이 마운드를 지켰던 한정훈이라

는 뜨거운 불꽃이 아나믈의 심장에 그대로 옮겨붙기라도 한 것처럼 말이다.

'이래서는 승산이 없어.'

잠시 고심하던 와이번스 박경원 감독이 구심에게 다가 갔다.

한정훈이라는 어마어마한 신인을 무너뜨려 보고 싶은 욕심에 경기 강행을 요구했는데 여차하면 와이번스가 먼저 무너질 것만 같았다.

"비가 너무 많이 오네요. 선수들 컨디션도 좋지 않은데 경기 중단하시죠?"

박경원 감독의 정중한 요청에 구심이 마지못해 고개를 끄덕거렸다.

그렇게 40여 분간 중단됐던 경기는 끝내 우천으로 취소가 되었다.

빗물과 함께 한정훈의 호투도 씻겨 사라졌다.

그러나 한정훈이 보여주었던 악바리 근성은 스톰즈 선수들에게 상당한 자극제가 되었다.

하루의 휴식일을 가진 뒤 스톰즈는 안양으로 이동해 베어스와 4연전을 치렀다.

그리고 우천으로 취소된 경기를 제외한 나머지 경기를 쓸어 담으며 4위 라이온즈와의 격차를 벌려 나갔다.

그 기세는 아시안 게임 브레이크 전까지 이어졌다.

트윈스와 라이온즈, 이글스, 다이노스를 상대로 4연속 위닝 시리즈에 성공한 것이다.

하지만 정작 한정훈은 별 재미를 보지 못했다.

7일 열린 트윈스와의 원정 경기에서 한정훈은 시즌 첫 패배를 맛보았다.

와이번스전에서 무리를 한 탓에 한정훈의 컨디션은 경기 전날까지 엉망이었다.

감기 몸살이 겹치며 훈련조차 제대로 소화해 내지 못했다.

어지간하면 투수의 등판 일정을 지켜주는 로이스터 감독조차 한정훈의 출전을 만류할 정도였다.

다행히 경기 당일에 몸 상태가 호전되긴 했지만 그 정도로는 제대로 된 투구를 하기 어려웠다.

주 무기인 패스트볼은 최고 구속이 150㎞/h 초반대까지 떨어졌다.

트윈스 타자들은 평범(?)해진 한정훈의 패스트볼을 거침없이 때려댔다.

7이닝 6피안타 2실점.

컨디션 난조였던 걸 감안했을 때 투구 내용은 나쁘지 않았다.

에이스급 투수들의 최소 투구 기대치라는 퀄리티 스타트 플러스(7이닝 3실점 이하)를 만족시키는 피칭이었다.

올 시즌에 워낙 몬스터 같은 활약을 펼쳐서 다소 부진해

부일 뿐이지 이 정도면 선발로서 제 역할은 충분히 헤낸 것이나 다름없었다.

그러나 승리의 여신은 끝내 한정훈을 외면했다.

8회 말 한정훈의 뒤를 이어 올라온 불펜 투수들이 4점을 추가로 헌납하며 트윈스에게 경기를 완전히 내줘 버린 것이다.

스톰즈 타자들이 9회 초 공격에서 4점을 뽑아냈지만 승부를 뒤집기엔 점수 차이가 너무 컸다.

결국 경기는 트윈스의 6 대 4 승리로 끝이 났다.

선발로 나와 8이닝 무실점으로 호투한 데릭 쉴즈가 스톰즈전 첫 승리를 챙겨갔다.

"한국 최고의 투수인 한정훈을 상대로 승리를 거둬 정말 기쁩니다."

승리투수 인터뷰에서 데릭 쉴즈는 눈물을 글썽거렸다.

올스타전을 포함해 한정훈과 세 번의 맞대결을 펼치는 동안 완패를 거듭한 탓에 심적 부담이 상당했던 모양이었다.

그러나 언론은 데릭 쉴즈의 역사적인 승리보다 한정훈의 첫 패배에만 초점을 맞췄다.

[한정훈, 시즌 첫 패! 연승 행진 16에서 멈춤.]

[슈퍼 루키, 한정훈! 트윈스전 패배! 그도 인간이었다.]

[한정훈 돌풍, 이대로 끝나는가!]

자격 미달의 기자들이 쏟아내는 자극적인 기사들이 각종 포털 사이트를 점령해 버렸다.

최일식과 한예리 등 우호적인 기자들이 한정훈을 변론하는 기사를 올렸지만 이번만큼은 큰 힘을 발휘하지 못할 정도였다.

그나마 다행히도 야구팬들은 자극적인 기사를 곧이곧대로 받아들이지 않았다.

ㄴ투수가 매번 이길 수는 없잖아. 이길 때도 있고 질 때도 있는 거지

ㄴ맞아. 신인 최다 연승 기록하고 선발 최다 연승 기록도 갈아 치웠으니까 한 번쯤 쉬어가도 괜찮아. 최다 연승 기록이야 뭐 언제든 깨겠지.

ㄴ기록이 중요한 게 아니잖아. 우리 정훈이가 그동안 얼마나 고생을 많이 했는데.

ㄴ이게 다 지난번에 와이번스전에서 비 맞아서 그래.

ㄴ그 경기 이야기는 꺼내지도 마. 지금도 자다가 이불킥할 정도니까.

ㄴ알아서 잘 하겠지. 난 한정훈 믿는다.

스톰즈 팬들은 한정훈의 예상치 못한 패배에 적잖게 당황하면서도 스스로 잘 이겨낼 것이라고 기대했다.

대다수 야구팬의 생각도 스틈즈 펜들의 의견과 크게 다르지 않았다.

└한정훈이잖아. 무슨 말이 더 필요해?

└솔직히 그날 데릭 쉴즈가 인생 경기 펼친 거지. 한정훈은 할 만큼 했어.

└기사 보니까 등판 연기하려다가 오른 거라며? 핑계 없는 무덤 없다지만 고작 한 경기 가지고 한정훈 까는 건 아니지.

└한정훈 올 시즌 최고로 털렸던 경기가 이글스전 3실점이었어. 그 경기마저도 퀄리티 스타트 했고.

└평균 자책점만 봐도 답이 나오잖아. 트윈스전까지 포함해도 아직 0.89다.

└0.89? 와 순간 선동연인 줄.

└트윈스전 이전까지는 한정훈이 앞섰는데 지금은 선동연이 살짝 위다. 선동연은 0.889이고 한정훈은 0.894니까.

시즌 초반, 한정훈의 기대치를 낮게 전망했던 전문가들조차 유보적인 입장을 보였다.

틈만 나면 한정훈이 흔들릴 거라 전망했다가 번번이 빗나가 망신을 당한 탓에 입조심을 할 수밖에 없었다.

하지만 한정훈이 13일 라이온즈 원정 경기에 이어 19일 다이노스와의 홈경기에서도 승리를 추가하지 못하자 한정훈

위기설이 스멀스멀 꿈틀거리기 시작했다.

ㄴ한정훈 뭐야? 진짜 어디 아픈 거 아냐?
ㄴ아픈 건 모르겠고 좀 지쳐 보이긴 하더라.
ㄴ아직 신인이잖아. 체력적으로 지칠 때 맞지.
ㄴ솔까말 한정훈이 지금도 못 던진 건 아니지. 경기 결과
만 놓고 보면 운이 없는 거 아냐?
ㄴ맞아. 라이온즈한테 7이닝 1실점 했고 다이노스하고는
8이닝 1실점 했으니까.
ㄴ그냥 타선이 병맛이야. 트윈스전 이후로 한정훈만 나오
면 점수를 못 내고 있으니 무슨 수로 이겨? 진짜 나 같으면
트레이드 해달라고 드러눕는다.
ㄴ그래도 예전만 못해서 걱정이다. 정말로 한정훈 어디 아
프거나 하면 아시안 게임 때는 누굴 믿고 보냐?

대다수 야구팬은 에이스의 갑작스러운 부진에 걱정의 목
소리를 높였다.
하지만 일부 구단의 극성팬들은 이때다 싶어 협회를 압박
했다.
아시안 게임에 앞서 한정훈의 건강 상태를 면밀히 체크해
볼 필요가 있다는 것이었다.
15일 발표된 아시안 게임 대표팀 최종 명단에서 한정훈은

이벼 없이 승선을 확정지었다.

기대를 모았던 류현신과 추신우의 합류는 불발에 그쳤지만 강준호와 박병훈, 김연수가 합류하면서 벌써부터 금메달은 떼놓은 당상이라는 말들이 나돌고 있었다.

문제는 해외파 출신 선수들이 대거 합류하면서 미필 선수들의 자리가 확 줄어들었다는 것이다.

한정훈을 포함해 선발된 미필 선수들은 고작 7명에 불과했다.

야구팬들은 각 구단마다 1명씩은 선발될 것이라 기대를 모으며 리스트까지 작성했지만 전력 약화를 우려한 김인선 감독이 성적으로 칼같이 잘라낸 탓에 결국 5명이 탈락하고 말았다.

그 와중에 한정훈의 건강 이상설이 나도니 이때다 싶어 판을 흔들어 댔다.

하지만 다른 선수도 아니고 올 시즌 투수 부분 전관왕이 유력한 한정훈을 대표팀에서 떨어뜨린다는 건 망상에 가까웠다.

"한정훈 선수 건강에는 아무 이상 없습니다. 제가 직접 확인한 일입니다. 그러니 더 이상 한정훈 선수에 대해 쓸데없는 말들을 자제했으면 좋겠습니다."

김인선 감독은 직접 인터뷰에 나서서 한정훈 논란을 잠재웠다.

쟁쟁한 선배들이 많다 보니 대놓고 에이스라 지칭하진 않았지만 비슷한 뉘앙스로 한정훈의 입지를 분명하게 전했다.

덕분에 한정훈 논란은 금세 사그라졌다.

하지만 정작 한정훈은 일부 언론에서 자신을 흔들려 했다는 사실조차 알지 못했다.

베이스 볼 61에서 밸런스 회복 훈련을 하느라 정신이 하나도 없는 상태였다.

퍼엉!

요란스러운 포구 소리가 베이스 볼 61의 실내 훈련장을 가득 울렸다.

"나이스 볼!"

힘겹게 공을 잡아낸 이상범의 입에서 절로 탄성이 터져 나왔다.

힘을 빼고 던지는데도 공은 여전히 묵직했다.

언론에서 하도 떠들어 대서 내심 걱정했지만 이 정도면 아무 문제없을 것 같았다.

그러나 투구를 지켜보는 강혁의 표정은 썩 밝지 않았다.

그 옆에서 한정훈의 기운을 북돋아주던 서재훈도 마찬가지였다.

"아직 멀었다."

"그렇죠? 뭔가 미묘하게 덜컥거리는 느낌이에요."

"하체의 힘이 제대로 전달되지가 않아. 와이번스전에서

밸런스 무시하고 힘으로 덥져 댔으니……."

와이번스전만 떠올리면 강혁은 자신도 모르게 울컥 하고 감정이 치밀어 올랐다.

결국 우천 취소시킬 경기를 질질 끌고 간 경기 관계자나 그런 경기에 한정훈을 마운드에 올려놓은 스톰즈도 문제였지만 제 몸 돌보지 않고 힘만 뺀 한정훈이 제일 한심스러웠다.

투수의 감각이란 생각 이상으로 예민했다.

투구와 전혀 관련 없을 것 같은 부위에 부상을 입었다 하더라도 실제로 투구 밸런스에 영향을 끼치는 경우가 많았다.

당연히 인위적으로 투구 폼을 변경하는 건 금물이었다.

한 번 깨진 밸런스를 되찾는다는 게 쉽지 않기 때문이었다.

그래서 강혁은 한정훈에게 자잘한 부상에도 유의하라고 말했다.

또한 흥분한 나머지 힘으로 던지지 말라고 신신당부했다.

투구 폼에 익숙해지다 보면 구속은 자연스럽게 늘어날 것이라며 빠른 공을 던지려는 조바심도 버리라고 당부했다.

다행히도 지금까지 한정훈은 강혁의 조언을 잘 따랐다. 아니, 잘 따라 왔었다.

문제의 와이번스전에서 대형 사고를 치기 전까지는 말이다.

이미 기습적인 타구를 처리하는 과정에서 한정훈의 심신은 흔들린 상태였다.

그런데 그걸 간과하고 힘으로 밀어붙였으니 밸런스가 흐트러지는 게 당연했다.

만약 와이번스전에서 무리만 하지 않았더라도 한정훈이 베이스 볼 61에서 이 고생을 하는 일은 없었을 터였다.

그렇다고 한정훈을 무작정 나무라기만 할 수도 없는 노릇이었다.

무엇보다 아시안 게임이 코앞이었다.

미련한 제자를 둔 스승으로서 지금은 최연소 국가 대표팀으로 선발된 한정훈이 제 몫을 해내도록 돕는 게 우선이었다.

"한정훈! 집중해! 릴리스 포인트가 왜 흔들리는지 생각을 해보라고!"

강혁의 날카로운 목소리가 한정훈의 귓가를 때렸다.

"후우……."

길게 숨을 고르며 한정훈은 생각에 잠겼다.

고등학교 때처럼 강혁은 하나부터 열까지 세세하게 가르쳐 주지 않았다.

대신 무엇에 대해 고민해야 하는지를 일러 주었다.

'릴리스 포인트. 릴리스 포인트.'

잠시 머릿속으로 자신이 한창 좋았을 때의 투구 모습을 떠올린 뒤 한정훈은 다시 투수판을 밟았다.

그리고 이상범의 미트를 향해 신중하게 공을 던졌다.

후아앗!

빠르게 날아든 공이 이상범의 미트 속에 파묻혔다. 이상범의 입에서 또다시 탄성이 흘러 나왔다.

한정훈은 쉬지 않고 세 개의 공을 더 던졌다. 하지만 생각만큼 공이 채지질 않았다.

한정훈이 마음에 들지 않는다며 고개를 흔들어 댔다.

투구 동영상을 면밀히 비교해 보며 문제점을 개선해 보려 했지만 쉽지가 않았다.

좋지 않은 컨디션으로 트윈스전에 등판한 게 오히려 독이 된 느낌이었다.

그러자 서재훈이 기운 내라며 손뼉을 두드렸다.

"정훈아! 잘하고 있어! 조금만 더 힘 내!"

서재훈은 굳이 조언을 하지 않았다.

한정훈의 투구에 대해 누구보다 잘 아는 강혁이 바로 옆에 있는데 굳이 자신까지 나설 이유가 없었다.

대신 강혁이 나직이 중얼거리는 문제들은 큰 소리로 알려 주었다.

"정훈아! 상체로 넘어오는 게 너무 급해. 너 예전에는 안 그랬잖아."

강혁과 서재훈의 조언이 이어질 때마다 한정훈은 자신의 투구를 곱씹었다.

그리고 어떻게든 예전의 감각을 되찾기 위해 노력했다.

애석하게도 주어진 시간이 너무 짧았다.

스프링캠프도 아니고 시즌 중에 투구 폼을 재점검한다는 게 쉬운 일도 아니었다.

그러나 그 며칠 만에 한정훈의 표정은 기대 이상으로 밝아져 있었다.

"몸은 좀 어때?"

"네, 좋습니다."

"투구에 문제없고?"

"네, 물론입니다."

"그럼 됐다. 가자."

김인선 감독이 직접 한정훈을 챙겼다. 다른 선수들도 한마디씩 한정훈에게 격려의 말을 건넸다.

"한정훈 선수! 컨디션은 어떻습니까?"

"별도로 개인 훈련을 한 것으로 알고 있는데 성과는 있습니까?"

벌 떼처럼 달려든 기자들이 한정훈을 붙잡고 늘어졌다.

"여러 선배님들을 도와 꼭 우승하겠습니다."

한정훈은 짧게 대답했다. 목표는 우승. 그 외의 말은 필요치 않았다.

그렇게 한국 야구 대표팀을 태운 비행기가 자카르타로 향했다.

36장
자카르타 아시안 게임

1

자카르타 공항에 도착한 대표팀은 곧장 숙소로 향했다.

당장 이틀 뒤에 첫 경기를 치러야 하는 상황이다 보니 일단은 장거리 여행의 피로를 푸는 게 중요했다.

전통대로 대표팀 선수들은 2인 1실을 배정받았다.

한정훈의 룸메이트는 와이번스의 에이스로 활약하고 있는 김강현이었다.

"정훈아, 잘 지내보자."

"네, 선배님."

한정훈은 과거 동경했던 김강현과 같은 방을 쓴다는 사실이 묘하게 설렜다.

김강현의 다이내믹한 투구 폼과 타자를 윽박지르는 패스트볼은 강혁을 만나기 전까지 한정훈이 추구했던 가장 이상적인 투구 스타일이기도 했다.

하지만 정작 방에 들어간 김강현은 침대에 눕기가 무섭게 잠이 들어버렸다.

그것도 요란스럽게 코를 골면서.

"……"

덕분에 한정훈은 휴식 시간을 뜬 눈으로 보낼 수밖에 없었다.

식사가 끝난 뒤 대표팀은 회의실에 모였다.

"일단 대진표부터 다시 한 번 확인하자."

고령임에도 김인선 감독은 직접 회의를 주관했다.

김인선 감독이 손짓을 하자 대형 프로젝트 스크린 위로 미리 준비한 대회 일정표가 떠올랐다.

아시안 게임 야구는 8개 국가가 2개 그룹으로 나누어 예선전을 치른 뒤 상위 2개 팀씩 4개 팀이 4강전을 치르는 방식이었다.

A조에 속한 한국은 중국, 일본, 파키스탄과 한 조를 이루었다.

그리고 B조에는 대만과 홍콩, 몽골, 그리고 주최국 인도네시아가 배정되었다.

25일 A 한국 vs 중국, 파키스탄 vs 일본 / B 대만 vs 홍콩

26일 A 한국 vs 일본 / B 대만 vs 몽골, 홍콩 vs 인도네시아

27일 A 한국 vs 파키스탄, 중국 vs 일본 / B 몽골 vs 인도네시아

28일 A 중국 vs 파키스탄 / B 대만 vs 인도네시아, 홍콩 vs 몽골

29일 휴식일

30일 4강전 − A1 vs B2 / A2 vs B1

31일 3, 4위 전 및 결승전

01일 예비일

한국의 목표는 전승 우승이었다.

일본이 이번에도 아마추어 선수들 위주로 대표팀을 구성해 보내 왔기 때문에 결승전에서 만날 가능성이 큰 대만을 제외하고는 이렇다 할 적수가 없는 상태였다.

"일단 첫날 선발은…… 현중이로 결정했다."

김인선 감독은 25일 중국전 선발로 양현중을 낙점했다.

지난 2015년 이후로 투구에 완전히 눈을 뜬 양현중은 100억여 원의 FA 대박을 치며 타이거즈의 좌완 에이스로 맹활약하고 있었다.

하지만 정작 호명을 받은 양현중은 떨떠름한 표정이었다.

본래 양현중이 바랐던 등판 일정은 25일이 아니라 26일이었다.

26일에 등판해야 4일을 쉬고 결승 무대에 오를 수 있었다.

그런데 25일 등판이라니.

왠지 코칭스태프의 신뢰를 받지 못한 기분마저 들었다.

그러나 코칭스태프도 만에 하나 있을지 모를 변수를 신경 쓰지 않을 수 없었다.

대만이 조 1위가 아니라 2위로 예선을 통과할 경우 4강에서 맞붙게 될지 몰랐다.

그때를 대비하기 위해서 양현중을 25일 경기에 올린 것이다.

양현중이 중국 킬러라는 점까지 함께 고려한 결과였다.

대표팀 내부적으로 한정훈과 함께 가장 유력한 결승전 선발 후보로 꼽혔던 양현중이 중국전 선발이 확정되면서 선수들의 시선은 자연스럽게 한정훈에게 쏠렸다.

"오~ 정훈이, 축하한다."

"결승전 잘 부탁한다."

눈치 빠른 선수들이 한정훈에게 일찌감치 축하 인사를 건넸다.

대표팀 합류와 동시에 결승전 선발이라니.

이보다 더 영광스러운 일도 드물었다.

한정훈도 두근거리는 마음으로 김인선 감독의 입술을 바라봤다.

하지만 모두의 예상과는 달리 김인선 감독의 시선은 한정훈이 아니라 다른 선수를 향해 있었다.

"강현아."

"……네?"

"결승전. 자신 있지?"

"물론입니다!"

결승전은 기대조차 하지 않았던지 김강현의 얼굴이 밝아졌다.

하지만 김인선 감독을 비롯한 코칭스태프는 국제 대회 경험이 많은 김강현을 전폭적으로 신뢰하고 있었다.

"정훈아, 미안하다."

김강현이 한정훈에게 손을 들어 보였다.

결승전 선발로 낙점되어서 기분은 좋았지만 한편으로는 룸메이트인 한정훈의 자리를 빼앗은 것 같아 신경이 쓰였다.

그러자 한정훈이 냉큼 표정을 고치며 웃어 보였다.

"아닙니다, 선배님. 당연한 일인데요."

데뷔 첫해부터 몬스터 시즌을 보내고 있다곤 하지만 그건 어디까지나 국내 프로 야구에 국한된 이야기였다.

무대가 세계로 옮겨오는 순간 국내 경기 성적은 큰 의미를 부여하기 어려웠다.

익숙한 환경에서 낯익은 선수들과 승부하는 것과 낯선 곳에서 각국의 국가 대표를 상대하는 건 전혀 다른 이야기였다.

야구 전문가들이 괜히 국제 대회용 선수라는 표현을 쓰는 게 아니었다.

한정훈은 이제 성인 국제 대회에 첫 출전한 신인 투수였다.

게다가 국제 대회에서 보여준 게 아무것도 없었다.

그런 한정훈을 믿고 결승전을 맡긴다는 건 도박에 가까운 일이었다.

한정훈도 살짝 들떴던 마음을 다잡았다.

그리고 처음 대표팀에 선발됐을 때 마음먹었던 것처럼 보직에 상관없이 주어진 역할에 최선을 다하겠다고 다짐했다.

"파키스탄전은 대금이가 준비하도록 하자."

김인선 감독은 3선발로 이대금을 지목했다.

약체 팀을 상대하는 경기였지만 어떻게든 우승에 일조해 병역 혜택을 받아야 하는 이대금의 표정은 밝았다.

"성민이하고 정훈이는 일단 롱 릴리프다. 선발이 아니라고 너무 서운하게 생각하지 말고, 언제든 출전할 수 있도록 준비해 둬라. 알겠지?"

김인선 감독의 주문에 윤성민과 한정훈이 힘차게 대답했다.

그렇게 기본적인 선발진 구성이 마무리되었다.

2

회의가 끝나고 김인선 감독은 한정훈을 따로 불렀다. 그리고 특유의 인자한 얼굴로 물었다.

"혹시 실망했니?"

"아닙니다."

"녀석, 솔직하게 말해도 된다."

"정말 괜찮습니다. 존경하는 선배님들하고 함께 경기를 하는 것만으로도 영광입니다."

빈말이 아니라 한정훈은 애당초 보직에 큰 욕심을 갖지 않았다.

주변의 과한 기대를 모르는 바는 아니지만 자신이 아니더라도 대표팀에는 에이스 역할을 할 투수가 많았다.

하지만 김인선은 혹시라도 한정훈이 기가 죽었을까 봐 걱정했다.

"그렇게 생각해 주니 고맙구나. 단, 생각이 있어서 널 중간으로 돌린 거니까 너무 실망하지는 마라."

"아, 네. 알겠습니다.

한정훈은 김인선이 그저 위로의 말을 건넨 것이라고 여겼다.

정말 나중을 위해 자신을 히든카드로 쓰려 한다고는 생각하지 않았다.

예선전도 생각 이상으로 순항했다.

25일 한국 13 : 0 중국(7회)

26일 한국 7 : 2 일본

27일 한국 12 : 0 파키스탄(7회)

예선 3경기에서 한국은 경기당 10득점 이상을 올리며 중국과 일본, 파키스탄을 완파했다.

타자들의 방망이도 매서웠지만 특히나 선발로 뽑힌 선수들의 활약이 좋았다.

25일 경기에서 양현중은 3이닝 동안 삼진 7개를 뽑아내며 중국 타자들을 힘으로 찍어 눌렀다.

뒤이어 마운드에 오른 윤성민도 3이닝을 9타자로 깔끔하게 끝내 버렸다.

26일 전에서는 김강현이 6이닝 동안 삼진 10개를 솎아내며 일본 킬러의 명성을 재확인시켰다.

일본 타자들이 적극적으로 덤벼들었지만 포심 패스트볼과 슬라이더를 앞세운 김강현의 공격적인 피칭에 제대로 된 정타조차 만들어내지 못했다.

27일 파키스탄전은 1회에 5점을 뽑아낸 타자들 덕분에 승부가 일찌감치 결정 나버렸다.

김인선 감독은 그동안 출전하지 못했던 투수들을 전부 투입했다.

덕분에 이대금은 고작 2와 2/3이닝밖에 던지지 못했다며 입술을 삐죽거렸다.

한정훈은 이대금에 이어 마운드에 올라 한 타자를 상대하고 내려갔다.

투구 수는 1개.

강민오의 요구대로 초구에 한가운데 너클 커브를 던졌는데 파키스탄 선수가 그걸 건드리면서 내야 플라이로 물러나고 만 것이다.

간에 기별조차 가지 않은 한정훈은 다음 이닝을 위해 불펜에서 몸을 풀었다.

하지만 김인선 감독은 지체 없이 투수를 교체해 버렸다.

4회 초 공격에서 타자들이 또다시 4득점에 성공했기 때문이다.

'이러다 1이닝도 못 던지고 귀국하는 거 아냐?'

예선전 일정이 끝나고 달콤한 휴식일이 찾아왔지만 한정훈은 초조함을 감추지 못했다.

어쩔 수 없는 상황이라는 걸 모르는 바는 아니지만 마운드에 서서 힘껏 공을 던지고 싶은 욕망도 주체하기 어려웠다.

3전 전승으로 올라온 한국의 상대는 주최국 인도네시아였다.

"심판이 스트라이크존을 빡빡하게 잡아줄 가능성이 높으니까 다른 투수들도 미리미리 몸을 풀어두도록."

김인선 감독의 예상대로 인도 구심의 스트라이크존은 엉망진창이었다.

코너로 아슬아슬하게 걸쳐 들어오는 공은 아예 잡아줄 생각조차 하지 않았다.

하지만 구심이 아무리 도와준다 해도 실력의 차이만큼은 극복해 내기가 어려웠다.

화가 난 김인선 감독은 김강현과 한정훈, 윤성민을 제외한 모든 투수를 쏟아부어 인도네시아의 잔꾀를 깨부쉈다.

한국 투수들은 한 수, 아니, 두 수 위의 피칭을 선보이며 인도네시아 타자들을 꼼짝 못하게 만들었다.

9이닝 동안 피안타는 단 하나도 내주지 않았다. 대신 탈삼진을 15개나 솎아냈다.

구심의 장난으로 5개의 사사구가 나오긴 했지만 타자들이 7점을 뽑아준 덕분에 인도네시아에게 치욕스러운 팀 노히트 노런 패배를 안겼다.

오후에 열린 두 번째 4강전에서 B조 1위 대만은 A조 2위로 올라온 일본을 9 대 1, 7회 콜드 게임 승으로 누르고 결승에 올랐다.

"정훈아, 많이 못 던져서 좀 그렇지? 걱정 마라. 형이 딱 6이닝만 던질 테니까 나머지는 네가 마무리해. 알았지?"

결승전에 앞서 김강현은 한정훈을 위로했다.

상대가 대만인 걸 고려했을 때 완투는 욕심이었다.

경우에 따라 윤성민이 먼저 마운드에 오를 수도 있겠지만 김강현은 가능하다면 자신의 뒤를 한정훈이 받쳐 주길 바랐다.

"강현이 형, 정말이죠? 약속한 거예요."

한정훈은 애처럼 환하게 웃었다. 출전 권한은 김인선 감독에게 있다지만 빈말이라도 고마웠다.

정말로 김강현의 말대로만 된다면 가슴에 얹은 묵직한 돌덩어리도 내려놓을 수 있을 것 같았다.

김강현에 맞서 마운드에 오른 대만 투수는 왕웨이룬.

세계 청소년 야구 선수권 대회를 통해 화려하게 등장해 현재는 마이너리그에서 맹활약 중인 젊은 투수였다.

"왕젠민은 정말 안 나오려나 본데?"

"그러게 말이야. 대만 감독하고 왕젠민하고 한바탕했다던데 정말인가 봐?"

"왕젠민 부상당했다는 소리도 있던데?"

"에이, 설마. 그랬으면 여기까지 왔겠어?"

타자들은 왕웨이룬의 등판에 안도하는 분위기였다.

대만에서 메이저리거 왕젠민을 불러들였을 때만 하더라도 결승전이 만만치 않을 거란 예상이 지배적이었다.

하지만 정작 왕젠민은 예선전은 물론이고 지금까지 단 한 차례도 모습을 드러내지 않고 있었다.

"그래도 혹시 몰라. 막판에 짠 하고 나타날지도."

포수 장비를 착용하며 강민오가 장난스럽게 말했다. 그러자 주장 장근우가 강민오의 뒤통수를 때렸다.

"야, 인마. 재수 없는 소리 하지 마. 말이 씨가 되는 수가 있어."

"그래도 막판에 한 번 털어주면 좋잖아요?"

"그러다 털리면 네가 책임질래?"

이때까지만 해도 정말로 왕젠민이 마운드에 올라올 것이라고 예상한 사람은 아무도 없었다.

심지어 한정훈조차 왕젠민이라는 존재를 머릿속에서 깨끗이 지워 버렸다.

하지만 7회 초.

1 대 1 동점 상황에서 한국 타자들이 무사 1, 2루 찬스를 만들자 대만 대표팀 감독이 더그아웃을 박차고 나와 투수 교체를 알렸다.

그리고 잠시 후.

불펜 문이 열리며 왕젠민이 위풍당당하게 걸어 나왔다.

─하하, 멀리서 봤을 때 긴가민가했는데 정말로 왕젠민 선수네요.

─이, 일단 시청자 여러분께 왕젠민 선수에 대해 소개부터 좀 해주시죠.

─아시는 분들은 아시겠지만 메이저리그에서 89승을 거둔 투수입니다. 아시아 선수로는 최초로 19승을 두 번이나 차지했죠. 한동안 부진했다가 16년에 로열스에 입단해 2년 연속

10승을 올리고 재기에 성공했다는 평가를 받고 있습니다. 올 시즌에도 7승 8패, 평균 자책점 3.85로 준수한 활약을 펼치고 있고요.

─어떻게 보면 대만의 박찬오 감독으로 봐야 할 것 같은데요.

─비슷한 느낌이라고 보시면 됩니다. 한 시즌 아시아 최다승은 왕젠민 선수가 세웠지만 아시아 투수 최다승은 박 감독이 가지고 있으니까요. 다만 순수하게 커리어로만 비교하면 박 감독이 훨씬 앞선다고 말씀드리고 싶습니다.

왕젠민의 등장에 바빠진 건 중계진들만이 아니었다.

한국 측 더그아웃도 대만의 루민츠 감독의 속내를 파악하기 위해 부산해졌다.

"뭐가 어떻게 된 거야? 왕젠민 못 나온다고 하지 않았어?"

"분명 그렇게 알고 있었는데……."

"뭐야? 위장 전술이었던 거야?"

"자세한 건 알아봐야 할 것 같습니다."

당초 대만이 원했던 건 왕젠민이 아니라 말린스의 좌완 투수 천웨이안이었다.

재기에 성공했다고는 하지만 나이가 많은 왕젠민보다는 전성기를 구가하는 천웨이안 쪽이 전력에 더 도움이 될 것이라는 판단을 내린 것이다.

하지만 말린스는 천웨이안의 차출에 부정적인 입장을 보였다.

당사자인 천웨이안도 아시안 게임 참가에 회의적이었다.

시즌 도중에 선발의 한 축을 담당하고 있는 메이저리거가 자리를 비운다는 것 자체가 부담이 클 수밖에 없었다.

결국 대만은 왕젠민 쪽으로 방향을 돌렸다.

메이저리거들의 합류로 한국 대표팀의 전력이 급상승한 상황에서 천웨이안만 바라보고 있을 수는 없었던 것이다.

그 과정에서 천웨이안과 왕젠민 모두 감정이 상했다.

특히나 왕젠민은 대만의 루민츠 감독이 자신의 커리어를 무시했다며 노골적으로 불만을 터뜨렸다.

루민츠 감독도 자신밖에 모르는 왕젠민을 경기에 출전시키지 않겠다는 뜻을 분명히 했다.

국민 여론 때문에 왕젠민을 받아들이긴 했지만 실제 전력에 큰 도움이 되지 않는다고 판단을 내린 것처럼 말이다.

대만 대표팀을 예의주시하던 한국 대표팀은 왕젠민이 경기에 출전할 가능성이 없다고 판단했다.

실제로 대만은 왕젠민 없이도 기대 이상의 전력으로 결승전에 안착한 상황이었다.

그런데 무사 1, 2루의 승부처에서 왕젠민이 마운드에 올랐다.

"어차피 한 번은 출전시켜야 하니까 일부러 올린 거 아닐까요?"

"아무리 그래도 그렇지 이런 상황에서?"

"왕젠민 엿 먹이려는 것일 수도 있잖아요."

"루민츠 감독이 강골이어도 결승전인데. 그런 미친 짓을 할 리가 없잖아?"

마지못한 등판인지, 아니면 승부처에서 쓰기 위해 아껴 뒀던 것인지를 두고 전략 분석팀의 의견이 엇갈렸다.

그럴수록 루민츠 감독은 웃음을 감추지 못했다.

"역시 언론에 불화설로 알려놓길 잘했단 말이야."

본래 루민츠 감독은 왕젠민을 데려올 생각이 없었다.

아시안 게임 출전을 선택한 한국의 메이저리거들이 현지 언론의 질타를 받고 있는 상황에서 천웨이안도 아니고 이제 막 마지막 불꽃을 태우려는 왕젠민을 욕 먹이고 싶지 않았던 것이다.

하지만 정작 왕젠민은 아시안 게임 출전을 원했다. 이유는 간단했다.

은퇴 전에 2002년의 한을 풀겠다는 것이었다.

왕젠민이 출전한 2002년 부산 아시안 게임 결승전에서 대만은 한국에 4 대 3, 한 점 차 패배를 당했다.

그때 팀의 에이스로 활약했던 왕젠민이 받은 충격은 상상 이상이었다.

그래서 언제고 치욕을 되갚아주리라 마음먹고 있었다고 했다.

그러나 설욕의 기회는 금세 찾아오지 않았다.

이후에 열린 국제 경기는 구단의 반대로 참석할 수조차 없었다. 거기에 슬럼프까지 겹쳤다.

팀을 몇 차례 옮긴 뒤에 어렵사리 재기에 성공하고서야 왕젠민은 억눌러 두었던 그날의 치욕을 끄집어냈다.

그리고 루민츠 감독에게 직접 전화를 걸었다.

－저를 불러 주십시오. 제가 할 수 있는 일이 있을 겁니다.

루민츠 감독은 엔트리 말소는 물론 현지 여론의 뭇매조차 감당하겠다는 왕젠민이 고마웠다.

그래서 일부러 대만 대표팀에서 강압적으로 왕젠민의 합류를 강요하는 것처럼 굴었다.

왕젠민이 대표팀에 합류한 이유에도 철저하게 자율 훈련을 보장해 주었다.

루민츠 감독의 배려 속에 왕젠민은 지친 어깨를 달래며 등판할 순간을 기다렸다.

그리고 그때가 찾아왔다.

6회까지 한국 타자들을 5피안타 1사사구 1실점으로 틀어막았던 신성 왕웨이룬이 흔들리자 루민츠 감독이 왕젠민을 호출한 것이다.

"제가 막겠습니다."

기력을 완전히 회복한 왕젠민은 당당하게 마운드 위에 올랐다.

노 아웃에 두 명의 주자가 출루한 상태였지만 그의 얼굴엔 여유가 넘쳐흘렀다.

반면 타석에 들어선 9번 타자 김상우는 긴장감을 감추지 못했다.

어떻게든 결승점을 뽑아내야 하는 상황에서 메이저리거 왕젠민을 상대해야 한다는 사실이 못내 부담스러웠던 것이다.

그리고 그 차이가 승부를 결정지었다.

원 스트라이크 원 볼.

바깥쪽에만 두 개의 공을 던진 왕젠민이 전매특허인 싱커를 몸 쪽에 바짝 붙여 넣은 것이다.

부상 이후로 예전만큼 자주 던질 수는 없지만 메이저리그에서도 손꼽히던 왕젠민의 싱커는 김상우의 방망이를 이끌어내는 데 성공했다.

따악!

김상우가 힘껏 잡아당긴 타구가 공교롭게도 3루 베이스에 바짝 붙어 수비를 하던 3루수의 글러브 속으로 튕겨 들어갔다.

3루수는 곧바로 3루 베이스를 밟고 2루로 송구했다.

1루 주자 강민오가 일부러 동작을 크게 가져가며 슬라이딩을 시도했지만 소용없었다.

2루를 밟은 유격수가 내던진 공은 강민오의 머리를 훌쩍 넘겨 1루수의 글러브 속으로 빨려 들어가 버렸다.

타격 순간에 밸런스가 무너졌던 김상우가 악착같이 뛰었지만 아웃.

그렇게 순식간에 3개의 아웃 카운트가 만들어졌다.

"와아아아!"

대만 더그아웃에서 우레와 같은 함성이 터져 나왔다. 반면 한국 측 더그아웃은 침묵에 빠졌다.

왕젠민이 만만찮은 투수라는 걸 알고 있었지만 득점권 찬스가 이렇게 허무하게 날아가리라고는 생각지도 못한 것이다.

설상가상으로 1루로 무리해서 뛰던 김상우가 발목 통증을 호소하며 엔트리에서 빠졌다.

"준호를 유격수로 돌려."

고심 끝에 김인선 감독은 메이저리거 강준호를 유격수로 옮겼다.

6월 말에 발목 부상을 당해 수비가 쉽지 않은 상황이었지만 대만에서 왕젠민 카드를 꺼내 든 이상 공격력을 강화할 수밖에 없었다.

우익수를 보던 김연수가 지명 타자 자리로 들어갔다.

김연수를 대신해 민병훈이 그라운드로 뛰어 갔다.

마운드는 계속해서 김강현이 지켰다.

대만의 변칙 전술에 흔들리지 않겠다며 김인선 감독이 강수를 띄운 것이다.

김강현은 김인선 감독의 기대에 십분 부응했다.

대만의 3, 4, 5번 중심 타자들을 전부 범타로 돌려세우며 이닝을 끝마쳤다.

7회까지 피안타 3개 1실점. 탈삼진은 9개.

6회에 연속 2루타를 맞은 걸 제외하고는 완벽한 피칭이었다.

하지만 김강현이 버틸 수 있는 건 7회가 마지막이었다. 투구 수가 110구에 달했기 때문이다.

"어떻게 할까요?"

투수 코치 송진운이 김인식 감독을 바라봤다.

현재 불펜에서는 한정훈과 윤성민이 대기 중이었다. 둘 중 한 사람이 김강현에 이어 마운드에 올라야 했다.

"정훈이로 가자."

김인선 감독은 주저 없이 한정훈을 선택했다.

한정훈이라는 카드를 아끼고 아낀 것도 바로 이런 돌발 상황에 대비하기 위해서였다.

반면 송진운 코치는 불안함을 감추지 못했다.

"성민이가 낫지 않을까요?"

1 대 1. 8회다. 경기 초반이라면 몰라도 경기 후반에 신인을 올리는 건 아무래도 위험해 보였다.

그러나 김인선 감독의 생각은 달랐다.

"경기가 쉽게 끝날 것 같지 않아. 승부치기도 대비해야지."

정규 이닝에서 승부가 나지 않으면 10회부터 승부치기가 진행된다.

그때 경험 많은 윤성민이 있는 것과 없는 것은 차이가 클 수밖에 없었다.

"알겠습니다. 정훈이 준비시키겠습니다."

송진운 코치도 이내 납득하듯 고개를 끄덕거렸다.

김인선 감독이 승부치기까지 내다보고 있다면 한정훈을 먼저 올리는 게 옳다고 생각했다.

8회 초에도 마운드에 오른 왕젠민은 특유의 노련한 투구를 앞세워 대표팀의 1, 2, 3번 타자를 가볍게 돌려세웠다.

이영규는 외야 플라이, 장근우는 유격수 앞 땅볼, 김연수는 2루 땅볼.

재기 이후 더욱 지저분해진 왕젠민의 공을 대표팀 타자들은 쉽게 공략해 내지 못했다.

그리고 8회 말.

선발 김강현을 대신해 한국 대표팀의 두 번째 투수, 한정훈이 마운드에 올랐다.

2

"후우……."

마운드에 올라 선 한정훈은 일단 숨부터 골랐다.

생각보다 심장이 격하게 뛰었다.

결승 무대인만큼 어느 정도 긴장이 될 것이라 생각은 했지만 예상을 뛰어 넘는 중압감에 몸이 먼저 반응을 한 모양이었다.

"침착하자, 한정훈."

한정훈은 습관적으로 로진 백을 두드렸다.

로진 가루에 새하얗게 변하는 손을 보고 있자면 왠지 모르게 마음이 차분해지는 기분이었다.

다시 한 번 길게 숨을 고른 뒤 한정훈은 홈 플레이트 쪽으로 고개를 돌렸다.

타석에는 대만의 6번 타자 주리엔이 매서운 눈으로 자신을 노려보고 있었다.

주리엔은 인디언스 트리플 A 소속으로 우타자에게 극단적으로 강한 타자였다.

게다가 패스트볼에도 강한 면모를 보였다. 스타일만 놓고 보자면 한정훈과는 상극이나 마찬가지였다.

그래서인지 앞선 타석까지만 해도 소극적이었던 주리엔의 표정이 확연히 달라져 있었다.

'일단 바깥쪽으로 하나 빼 보자.'

강민오가 바깥쪽으로 흘러나가는 쏘심 패스트볼을 요구했다.

한정훈의 컨디션도 점검할 겸 공 하나 정도는 버리고 가도 상관없다고 판단했다.

한정훈은 가볍게 고개를 끄덕거렸다. 그리고 강민오의 미트를 향해 정확하게 공을 던졌다.

후아앗!

쏜살같이 날아든 패스트볼이 홈 플레이트 모서리 끝 쪽으로 날아들었다.

그러자 주리엔이 지체 없이 방망이를 내밀었다.

따앗!

방망이 끝에 걸린 타구가 그대로 1루 관중석 쪽으로 넘어갔다.

코스상 공략하기가 쉽지 않았지만 애당초 바깥쪽 공을 노리고 있었던지 주리엔은 무척이나 아쉽다는 표정을 지었다.

"이 자식은 아까하고 딴판인데?"

구심에게 새 공을 받으며 강민오가 슬쩍 주리엔을 흘겨봤다.

왼손 투수에게는 루키보다 못한 수준이지만 오른손 투수에게는 메이저리거에 버금갈 정도라는 평가를 웃어넘겼었는데 한정훈을 상대로 이 정도로 자신감을 보일 줄은 미처 예상하지 못했다.

'몸 쪽으로 붙여? 아니면 한 번 더 바깥쪽으로 가야 하나?'

잠시 고심하던 강민오가 바깥쪽 체인지업을 요구했다.

전 타석에서 주리엔이 김강현의 체인지업에 헛방망이질을 했던 게 떠오른 것이다.

하지만 한정훈은 살짝 고개를 흔들었다.

어지간해서는 포수의 사인에 고개를 흔드는 성격이 아니었지만 재차 바깥쪽 승부를 들어가는 건 위험하다는 판단이 섰다.

'짜식이, 좀 떴다고 내 리드가 못미덥다 이거지?'

강민오는 살짝 미간을 찌푸렸다.

대표팀 막내 투수가 주전 포수인 자신의 판단력을 무시하는 데 기분이 좋을 리 없었다.

'승부를 걸고 싶나 본데 소원대로 해드려야지.'

강민오가 곧바로 사인을 바꿨다.

몸 쪽 꽉 찬 스트라이크.

몸 쪽에 강하다는 데이터로 봐서는 공략당할 가능성이 높았지만 그렇다고 싫다는 바깥쪽 승부를 고집스럽게 끌고 갈 수는 없는 노릇이었다.

한정훈은 묵묵히 고개를 끄덕거렸다. 그리고 강민오의 미트를 정조준한 채 있는 힘껏 공을 내던졌다.

후아아앗!

먼지바람을 일으키며 날아든 공이 주리엔의 몸 쪽을 파고 들었다.

순간 움찔 놀란 주리엔이 방망이를 휘둘러 봤지만 공은 그의 겨드랑이 옆쪽을 지나 강민오의 미트 속으로 빨려 들어갔다.

퍼엉!

미트가 찢겨 나갈 것 같은 포구 소리가 요란스럽게 울렸다.

그 묵직함에 주리엔은 물론이고 강민오마저 깜짝 놀라고 말았다.

'뭐야, 이 녀석 완전히 살아났잖아?'

강민오가 다급히 일어나 더그아웃을 바라봤다. 어쩌면 코칭스태프는 이 사실을 알고 있을지 모른다고 여겼다.

그러나 한국 대표팀 더그아웃의 반응도 별반 다르지 않았다.

"와우, 정훈이 녀석. 공 장난 아닌데?"

"장난 아니긴. 정훈이 녀석 공 좋은 게 어디 하루 이틀이야?"

"구속 봤어? 159야! 159!"

"짜식, 슬럼프에 빠진 것치고는 표정이 밝다 싶었는데 다 회복했나 보네."

조마조마한 눈으로 한정훈의 투구를 지켜보던 선수들의 표정이 반색으로 물들었다.

결승전까지 순항하긴 했지만 뭔가 아쉬웠던 1퍼센트가 비로소 채워진 것 같은 기분이었다.

코칭스태프는 더욱 격하게 좋아했다.

"저 녀석, 등판 자주 안 시켜줬다고 위력 시위라도 하려나 본데요?"

"하아, 정훈이에게 너무 큰 부담을 주는 게 아닌가 싶었는데 이제야 좀 마음이 놓입니다."

스톰즈 감독을 맡을 뻔했던 김인선 감독은 한정훈이 스스로 슬럼프를 이겨낼 것이라 굳게 믿고 있었다.

그래서 굳이 선발 로테이션에 끼워 넣지 않았다.

중요한 순간에 히든카드로 쓸 수 있는 선수는 한정훈밖에 없다고 판단했기 때문이다.

하지만 다른 코치들은 김인선 감독만큼 한정훈을 신뢰하지 못했다.

아직 어린 나이인 데다가 국제 대회 경험이 턱없이 부족했다.

게다가 자카르타라는 환경 자체가 한국과 전혀 달랐다.

슬럼프에 빠진 한정훈을 무작정 믿기에는 변수가 너무 많았다.

한정훈 역시 코칭스태프에게 이렇다 할 신뢰를 주지 못했다.

출국 전후, 두 차례 컨디션 점검차 불펜 피칭을 가졌지만 한창 좋을 때 던지던 공과는 차이가 있었다.

제구에 신경을 쓴 탓인지 구속도 줄고 무브먼트도 밋밋했다.

예선 경기라면 모르겠지만 금메달을 놓고 다투는 대만 타자들과의 승부에서는 자칫 잘못하다 무너질지도 모른다는 게 공통된 의견이었다.

그런데 그 한정훈이 되살아났다.

고작 1구에 불과했지만 조금 전 던진 몸 쪽 꽉 찬 포심 패스트볼은 한창 좋았던 때의 한정훈을 연상시켰다.

"적극적으로 승부해!"

김동우 배터리 코치가 강민오에게 사인을 냈다.

한정훈이 컨디션을 회복했다면 굳이 어렵게 승부를 가져갈 이유가 없었다.

사인을 확인한 강민오가 헬멧을 고쳐 썼다.

그리고 바깥쪽에 걸치는 커터를 주문했다.

2구가 없었다면 감히 낼 수 없는 사인이었다.

그러나 2구째 한정훈이 자신의 건재함을 증명한 덕분에 상황이 완전히 변해 있었다.

초구 때까지만 해도 홈런 한 방 날릴 것처럼 굴던 주리엔의 얼굴에는 긴장감이 가득 번져 있었다.

타격 위치도 홈 플레이트에서 한 발자국 뒤로 물러난 상태였다.

불리한 볼카운트에서 자신을 꼼짝 못하게 만든 몸 쪽 코스에 대비하지 않을 수 없었던 것이다.

자연스럽게 바깥쪽 코스에 여유가 생겼다.

여기에 한정훈의 구위까지 받쳐 준다면 우투수 킬러라 불리는 주리엔도 충분히 요리가 가능했다.

'바깥쪽 커터.'

한정훈은 곧장 투구 동작에 들어갔다. 궁지에 몰린 주리엔에게 숨 돌릴 여유를 줄 필요가 없다고 여겼다.

후아앗!

한정훈의 손끝을 빠져나간 공이 홈 플레이트 바깥쪽을 날카롭게 파고들었다.

"어림없다!"

주리엔은 반사적으로 방망이를 내돌렸다.

몸 쪽 공을 대비한 탓에 시원스러운 스윙으로 이어지지는 않았지만 커트 정도는 충분히 해낼 것이라 여겼다.

그러나 정작 공은 주리엔의 방망이 끝을 살짝 스쳐 지나 그대로 강민오의 미트 속에 꽂혀 버렸다.

'커터!'

뒤늦게 구종을 알아챈 주리엔이 잔뜩 이를 악물었다.

그렇게 한정훈의 부활을 알리는 삼진 쇼가 시작됐다.

7번 타자와 8번 타자를 연속 삼진으로 돌려세운 한정훈은 상기된 얼굴로 더그아웃으로 향했다.

더그아웃 입구 쪽에는 대표팀 선배들이 실실 웃으며 기다리고 있었다.

특히나 선발로 나섰던 김강현은 입이 귀에 걸려 있었다.

"아이고, 이 예쁜 녀석!"

"잘했다. 잘했어!"

"그렇게만 해. 알았지? 이제 진짜 너만 믿는다."

선배들은 한 명도 빠짐없이 다가와 한정훈과 하이파이브를 나누었다.

아직 경기가 다 끝난 건 아니었지만 한정훈이 에이스 모드로 돌아왔다는 사실만으로도 금메달이 눈앞에 아른거리는 기분이었다.

한정훈도 환하게 웃으며 분위기를 즐겼다.

처음에는 제 몫을 해내지 못할까 봐 부담이 컸는데 이제야좀 마음이 편해지는 것 같았다.

"어떻게 된 거야?"

김강현이 한정훈의 옆자리를 차지한 채 물었다.

강민오도 그 이야기가 묻고 싶었던지 포수 장비조차 벗지않고 한정훈 쪽을 바라봤다.

"그게…… 갑자기 그렇게 되더라고요."

한정훈이 뒷머리를 긁적거렸다.

마운드에 올라 초구를 던지는 순간 갑작스럽게 밸런스가잡혀 버렸으니 더 이상은 설명할 길이 없었다.

"너 일부러 숨기고 있었던 거 아냐?"

강민오가 슬쩍 눈을 흘겼다.

갑자기 그렇게 됐다는 한정훈의 변명이 썩 납득이 가지 않은 모양이었다.

하지만 김강현은 뭔가 알 것 같다는 표정을 지었다.

"나도 그런 적 있어. 아무리 발버둥 쳐도 안 잡히던 밸런스가 한 일주일 정도 멍 때리며 있다 보니까 갑자기 잡히더라고."

"그래요?"

"응, 내 폼과 밸런스는 내 몸이 가장 잘 기억하니까. 그걸 억지로 맞추려 하지 않아도 알아서 회복이 되는 경우가 있더라고."

"아……!"

순간 한정훈은 소집 전날 강혁이 했던 말이 떠올랐다.

"조바심 내지 마라. 훈련은 충분히 했으니까 본선 무대가 시작되면 좋아질 거다."

한정훈은 강혁이 희망적인 말로 자신을 위로해 준 것이라고만 여겼다.

설마하니 정말로 시간이 지나면 밸런스가 회복될 거라는 의미일 줄은 꿈에도 생각하지 못했다.

'이래서 처음 투구 폼을 익힐 때 그렇게 엄격하게 하셨구나.'

한정훈은 그제야 강혁의 혹독한 가르침들이 저마다 의미가 있다는 사실을 깨달았다.

강혁의 투구 육성 능력을 믿고 모든 걸 맡기긴 했지만 솔직히 모든 게 전부 납득이 됐던 건 아니었다.

일부는 과하다고 여겼고 일부는 또 부족한 느낌이 들었다.

그러나 강혁도 애제자인 한정훈을 대충 가르쳤던 게 아니었다.

한정훈에게 적합한 투구 폼을 찾기 위해 강혁은 날을 새가며 국내는 물론 전 세계 수많은 투수의 투구 폼을 분석하고 연구했다.

그 결과가 지금의 한정훈을 있게 만들어준 것이다.

"네 투구 폼은 정말 좋으니까. 밸런스도 훌륭하고. 그래서 금방 이겨낼 줄 알았다."

김강현이 한정훈의 어깨를 두드렸다.

강민오도 오해한 게 미안했던지 실실 웃으며 한정훈의 무릎을 꽉 움켜쥐었다.

"아앗! 아파요."

"짜식, 엄살은. 암튼 다음부터는 사소한 것이라도 빼먹지 말고 미리미리 이야기해 줘. 알았지?"

강민오가 한정훈에게 신신당부를 했다.

나이와 팀을 떠나 투수와 포수는 서로 숨기는 게 없어야 했다. 그래야 포수도 자신 있게 리드를 할 수 있었다.

다시 화기애애해진 더그아웃의 분위기를 바라보며 김인선 감독도 흡족한 표정을 지었다.

그러자 송진운 투수 코치가 조심스럽게 다가왔다.

"감독님, 어떻게 아셨어요?"

"응? 뭐가?"

"정훈이요. 정훈이 괜찮아진 거 언제부터 아신 거예요?"

송진운 코치는 김인선 감독이 정말 승부치기를 대비하기 위해 한정훈을 마지못해 올린 것이라고만 생각했다.

하지만 이제 와 생각해 보니 한정훈을 선택할 때 김인선 감독은 일말의 망설임조차 보이지 않았던 것 같았다.

만약 한정훈의 컨디션이 회복됐다는 사실을 김인선 감독이 사전에 알고도 이야기해 주지 않은 거라면 살짝 실망감이 들 것 같았다.

하지만 한정훈이 좋아질 거라 믿고 밀어붙인 거라면 그 노하우를 전해 듣고 싶었다.

"그거야 난들 아나. 그냥 정훈이 얼굴을 보니 잘 던지겠다 싶어서 올린 거지."

김인선 감독이 너스레를 떨며 넘겼다.

그렇다고 투수 코치이기에 앞서 제자였던 송진운 앞에서 강혁에게 조언을 구했다는 말을 할 수는 없는 노릇이었다.

한정훈을 살피고 돌아온 송진운은 부정적인 의견을 피력했다.

최악의 경우 본선 무대에서는 쓸 수 없을지 모르겠다며 전력 외 판정을 내리기까지 했다.

하지만 강혁의 의견은 달랐다.

한정훈의 몸 상태를 확인하고자 전화를 걸자 강혁은 밸런스 훈련은 충분히 했으니 푹 쉬기만 하면 본선 무대에서 좋은 모습을 보여줄 것이라고 말했다.

그러면서 사전에 준비한 데이터 일부를 보내왔다.

솔직히 강혁이 보낸 데이터는 제대로 이해하기가 어려웠다.

하지만 이 정도로 한정훈을 연구한 강혁의 말이라면 믿을 수 있겠다는 확신은 생겼다.

그래서 김인선은 예선 경기 때 한정훈을 아끼고 아꼈다.

한국에서 한정훈을 아끼다 똥 될 거라는 비아냥거림이 나돌고 있다는 소리를 들었지만 애써 무시했다.

출국 전날까지 손에서 공을 놓지 않았다는 한정훈을 어떻게든 쉬게 만들어야 했기 때문이다.

그리고 한정훈은 기대 이상으로 좋은 모습을 보여주었다.

덕분에 마지막으로 남은 윤성민 카드를 조금 더 요긴하게 써 먹을 수 있게 됐다.

'승부치기까지 가도 승산은 있다. 그 전에 왕젠민을 무너뜨리면 더 좋고.'

김인선 감독의 얼굴에 다시 여유가 번졌다.

반면 조커를 내놓고도 승기를 잡지 못한 루민츠 감독의 표정은 썩 밝지 않았다.

왕젠민은 공식적으로 어깨 염증을 호소하고 DL(부상자 명단)에 오른 상태였다.

따라서 승리도 중요하지만 구단과의 관계를 위해서 왕젠민의 투구 수를 조절할 수밖에 없었다.

루민츠 감독이 생각하는 최대 투구 수는 50구.

9회까지는 왕젠민이 어떻게든 잘 버텨주겠지만 승부치기가 시작되는 10회부터는 장담하기 어려웠다.

그렇다고 한국의 슈퍼 루키가 마운드를 지키는 상황에서 무작정 왕젠민을 내리기도 어려웠다.

게다가 한정훈 뒤에는 대만에 강한 윤성민이 버티고 있었다.

하지만 루민츠 감독의 손에는 더 이상 믿을 만한 카드가 남아 있지 않았다.

이런 상황에서 대만 대표팀이 아시안 게임에서 우승할 수 있는 방법은 한 가지뿐이었다.

왕젠민이 버티는 동안 한정훈을 쓰러뜨리는 것.

다행히도 왕젠민은 9회 초 수비를 무실점으로 틀어막았다.

4번 타자 박병훈과 5번 타자 강준호에게 연속 안타를 허용했지만 6번 타자 나성검을 삼진으로 돌려세우고 7번 황재윤과 8번 강인호를 각각 외야플라이와 2루 땅볼로 유도해

냈다.

"아, 시팔. 아깝다!"

"빠질 수 있었는데!"

강인호의 타구를 대만의 2루수 판저우팡이 건져내자 한국 팀 더그아웃에서 탄식이 터져 나왔다.

2루 주자 박병훈이 3루를 돌고 있던 상황이라 빠지기만 해도 득점을 성공시킬 수가 있었던 것이다.

하지만 선수들은 금세 아쉬움을 털어냈다.

7회 초 1, 2루 찬스를 허무하게 날렸던 때와는 분위기가 확실히 달랐다.

"정훈아, 전부 삼진 잡고 와라!"

"나 외야에서 낮잠 자고 있을 테니까 끝나면 깨워. 알았지?"

수비를 위해 그라운드로 뛰어나가는 선수들이 여유 있게 농담을 늘어놓았다.

그리고 그 중심에는 한정훈이 있었다.

사악. 사악.

왕젠민이 마운드 위에 만들어 놓은 흔적을 지우며 한정훈이 천천히 숨을 골랐다.

스코어는 1 대 1.

우승의 기회를 이어가기 위해서는 9회 말 대만의 정규 이닝 마지막 공격을 막아내야 했다.

두근. 두근.

부담감을 느낀 심장이 빠르게 뛰었다. 하지만 한정훈의 표정은 더없이 여유로웠다.

'일단 9회부터 막고 보자.'

선두 타자 판즈우팡이 방망이를 짧게 잡고 마운드에 들어섰지만 한정훈은 신경조차 쓰지 않았다.

그의 두 눈은 오로지 강민오의 미트를 향해 있었다. 그리고 강민오는 한창 피가 끓어오르는 한정훈을 위해 공격적인 리드를 펼쳤다.

퍼엉!

퍼엉!

퍼엉!

한정훈의 공이 미트에 꽂힐 때마다 판즈우팡의 얼굴이 일그러졌다.

김강현의 공도 만만치 않았는데 한정훈의 공은 너무 빨랐다.

고작 한 타석만에 타이밍을 잡는다는 게 불가능하게 느껴질 정도였다.

"스트라이크 아웃!"

어슬래틱스 팜의 내야 유망주로 평가받던 판즈우팡은 방망이 한 번 휘둘러보지 못하고 3구 삼진으로 물러났다.

이어 타석에 들어선 천팡지엔과 장지엔시도 마찬가지였다.

"스트라이크 아웃!"

"스트라이크 아웃!"

한정훈-강민오 배터리의 집요한 몸 쪽 승부에 둘 다 기가 꺾여 버리고 말았다.

그렇게 9회 말 수비가 끝났다.

그리고 대회 규칙대로 승부치기가 시작됐다.

3

10회 초 공격을 두고 코칭스태프의 회의가 길어졌다.

"근우부터 시작하는 게 좋을 것 같습니다."

승부치기의 첫 회는 각 팀이 원하는 타순부터 공격을 시작할 수 있었다.

이선철 타격 코치는 정석대로 9번 박병훈과 1번 이영규를 1, 2루 주자로 내보낸 뒤에 2번 장근우부터 시작하자고 말했다.

작전 수행 능력이 좋은 장근우가 번트를 성공시키면 1사 2, 3루가 된다.

그럼 3번 타자 김연수가 큼지막한 플라이 하나만 때려내도 곧바로 결승점을 얻어낼 수 있었다.

하지만 반대 의견도 적지 않았다.

"왕젠민의 구위가 점점 떨어지고 있는데 강공이 더 낫지 않을까요?"

"제 생각도 같습니다. 연수하고 병훈이, 준호라면 왕젠민을 마운드에서 끌어내릴 수 있을 겁니다."

젊은 코치들은 하나같이 강공을 주장했다.

승부치기에서 득점 확률이 높은 만큼 한 점을 쥐어짜서는 안심할 수 없다는 것이었다.

"무사 1, 2루 기회 두 번이나 놓친 거 기억 안 나? 일단 안전하게 한 점을 얻고 가야 할 거 아냐?"

"하지만 한 점 가지고는 투수들에게도 부담이 될 겁니다."

"맞습니다. 상대가 똑같은 작전을 쓰면 도루묵이니까요."

코치들이 좀처럼 의견 일치를 보지 못하자 김인선 감독이 직권으로 번트 작전을 지시했다.

다른 걸 떠나 일단 한 점이라도 뽑아낸다면 대만에게 부담을 지울 수 있다는 계산이었다.

그리고 그 이면에는 한정훈이 앞선 이닝처럼 호투를 해 줄 것이라는 절대적인 신뢰가 깔려 있었다.

"근우야, 침착하게 평소 하던 대로 해. 알았지?"

이선철 코치가 중요한 임무를 맡은 장근우를 독려했다.

"걱정 마세요. 저 장근웁니다."

장근우가 보란 듯이 넉살을 떨었다.

다른 건 몰라도 번트만큼은 김성은 감독 밑에서 이골이 나도록 연습했다.

그렇다 보니 이제는 눈 감고도 원하는 번트 타구를 만들어 낼 자신이 있었다.

하지만 노련한 왕젠민도 쉽게 번트를 대줄 생각이 없었다.

"스트라이크!"

왕젠민이 바깥쪽으로 내던진 투심 패스트볼이 기이한 궤적을 만들며 포수 미트 속으로 빨려 들어갔다.

바깥쪽을 벗어날 것처럼 보이던 패스트볼이 마지막 순간에 홈 플레이트를 훑고 지나가 버린 것이다.

"젠장."

번트 자세를 잡고도 방망이조차 내밀지 못한 장근우가 이맛살을 찌푸렸다.

이렇게 된 이상 투 스트라이크가 되기 전에 어떻게든 번트를 성공시켜야만 했다.

'몸 쪽으로 하나만 들어와라.'

장근우는 왕젠민의 몸 쪽 공을 타깃으로 삼았다.

몸 쪽으로 들어오는 타구를 살짝 비틀어 3루수 쪽으로 번트 타구를 만들 생각이었다.

그러나 왕젠민은 장근우의 속내를 훤히 꿰고 있었다.

후아앗!

왕젠민이 던진 공이 또다시 바깥쪽으로 날아들었다.

초구와 거의 비슷한 코스의 투심 패스트볼.

초구에 꼼짝없이 당한 장근우를 낚기 위한 유인구였다.

'젠장할!'

장근우는 어쩔 수 없이 방망이를 내밀었다.

따앗!

방망이의 끝 부분 밑동에 걸린 타구가 매섭게 꺾이며 홈 플레이트 하단 모서리 근처를 강타했다.

뒤이어 튕겨져 오른 타구를 포수 장진다오가 냉큼 포구했다.

순간 장근우와 장진다오의 시선이 맞물렸다.

당연히 파울일 것이라 여겼던 장근우는 장진다오가 회심의 미소를 짓자 미친 듯이 1루를 향해 내달렸다.

그와 동시에 장진다오도 3루를 향해 힘껏 공을 내던졌다.

퍼엉!

3루로 백업을 들어갔던 대만의 유격수가 냉큼 공을 받았다.

타구 판단이 늦었던 2루 주자 박병훈이 슬라이딩조차 해 보지 못하고 그대로 포스 아웃이 됐다.

1루 주자였던 이영규도 마찬가지였다.

홈 플레이트와 박병훈만 번갈아 바라보다가 3루수의 재빠른 송구에 걸려 태그아웃이 되고 말았다.

"파울이에요. 파울!"

가까스로 1루에 살아 들어간 장근우가 더그아웃을 향해 네모를 그려 보였다.

그러자 김인선 감독이 지체 없이 그라운드로 뛰쳐나왔다.

－김인선 감독이 직접 나옵니다.

－당연히 나와야죠. 비디오 판독을 요청하지 않았던 것은 이런 때를 대비하기 위해서니까요.

－리플레이 화면으로는 명확하게 구분이 되지 않는데요.

－물론 그렇습니다. 하지만 타구가 만약 홈 플레이트에 맞았다면 저렇게 튕겨 오르지는 않았을 겁니다.

중계진은 격앙된 목소리로 비디오 판독 결과를 기다렸다.

자카르타 아시안 게임 때부터 1회에 한해 비디오 판독이 허용된 상황이었다.

하지만 시범적으로 운영되는 비디오 판독으로 미세한 부분을 전부 확인하기란 불가능한 일이었다.

－하아……. 구심이 판독 불가를 선언하네요.

－그럼 당초 판정이 인정이 되는 건가요?

－그렇습니다. 이렇게 된 이상 김연수 선수가 시원하게 한 방 날려주길 기대해야 할 것 같은데요.

모두의 기대를 받으며 타석에 선 3번 타자 김연수가 방망이를 단단히 움켜쥐었다.

앞 타석에서 안타성 타구를 때려서인지 김연수의 얼굴은 제법 여유로워 보였다.

그러나 무사 1, 2루의 위기를 순식간에 벗어난 왕젠민이 느끼는 여유에 비할 바는 아니었다.

퍼엉!

왕젠민이 던진 초구가 바깥쪽에 꽉 차게 들어왔다.

심판의 판정은 스트라이크.

김연수는 가볍게 고개를 끄덕이고는 2구를 기다렸다.

2구는 김연수가 좋아하는 몸 쪽으로 들어왔다. 하지만 구종이 싱커였다.

김연수가 기다렸다는 듯이 방망이를 휘둘러 봤지만 손잡이 안쪽을 맞고 파울이 되어버렸다.

"후우……."

순식간에 투 스트라이크로 몰려 버린 김연수는 정신을 바짝 차렸다.

그리고 왕젠민이 연달아 던지는 두 개의 유인구를 침착하게 걸러냈다.

하지만 거기까지였다.

왕젠민이 5구째 던진 바깥쪽 낮은 코스의 싱커를 참지 못하고 방망이를 내밀면서 헛스윙 삼진으로 물러나고 말았다.

―아아……! 김연수 선수, 삼진으로 물러납니다.

—유인구였는데요. 김연수 선수가 참아내질 못했습니다.

—10회 말 대만의 승부치기 공격을 잘 막아내야 할 텐데요.

—네, 이제 한정훈 선수를 믿는 수밖에 없을 것 같습니다.

중계진의 멘트를 듣기라도 한 것일까.

현지 중계 카메라가 마운드에 오르는 한정훈의 뒤를 좇았다.

그러나 카메라에 비친 한정훈의 표정은 덤덤하기만 했다.

트윈스전에서 역사적인 대기록을 세웠던 그날처럼, 입을 굳게 다문 채 로진 백을 매만졌다.

—한정훈 선수, 긴장하면 어쩌나 걱정했는데 다행히 침착해 보입니다.

—네, 어지간한 상황에서는 흔들리지 않는 게 한정훈 선수의 최대 장점이죠.

—이런 투수를 강심장이라고 하죠?

—강심장이라…… 그렇게 따지면 한정훈 선수는 거의 강철 심장 수준입니다.

—허, 강철 심장이요?

—스톰즈 팬들에게는 미안한 말이지만 한정훈 선수가 등판할 때 타자들의 득점 지원이 형편없거든요.

해설자가 한정훈의 불운함의 증거로 아시안 게임 직전의 3경기를 언급했다.

7이닝 2실점 한 트윈스전은 패배했고 각각 7이닝과 8이닝을 1실점으로 틀어막은 라이온즈, 다이노스전은 승패 없이 물러났다.

타력이 어느 정도 뒷받침을 해주는 팀이었다면 최소 2승 이상은 거둘 성적이었다.

그러나 한정훈이 마운드를 지키는 동안 스톰즈 타자들이 내준 점수는 단 2점뿐이었다.

경기당 평균 1점조차 뽑아내지 못한 탓에 한정훈의 연승기록은 물론 100퍼센트 승률마저 깨져 버린 상태였다.

국내에서 충분히 면역이 된 덕분인지 한정훈은 무사 1, 2루 득점 찬스가 허무하게 날아갔다는 사실이 별로 아쉽지 않았다.

하지만 대만의 더그아웃에서는 한정훈이 큰 부담을 느낄 것이라고 확신했다.

그리고 한정훈을 뒤흔들기 위해 번트 작전을 들고 나왔다.

—대만도 한국과 마찬가지로 2번 타순부터 공격을 시작합니다.

—일단 안전하게 번트를 대서 1사 2, 3루를 만들겠다는 계산인 거 같은데요.

-2번 타자 장지엔시 선수. 앞선 이닝에서 한정훈 선수에게 삼진을 당했는데요.

-삼진을 당하긴 했지만 올 시즌 메이저리그 오리올스로 승격된 선수니까요. 한정훈 선수도 집중해야 할 것 같습니다.

타석에 들어선 장지엔시는 몸을 낮추고 번트 자세를 취했다.

번트를 대겠다는 명확한 의사를 보여 한정훈을 압박하겠다는 계산이었다.

한정훈은 슬쩍 오른쪽으로 고개를 돌렸다. 그러자 성큼성큼 걸음을 옮기던 2루 주자 판즈우팡이 씩 웃어보였다.

설마하니 한정훈이 2루 견제를 하리라고는 생각지도 않은 것처럼 말이다.

무사 1, 2루에서 투수의 견제구가 빗나가기라도 한다면 무사 2, 3루 상황이 되고 만다.

게다가 한 점이라도 실점하면 금메달은 대만의 차지가 된다.

대만 더그아웃은 한정훈이 쉽게 견제에 들어가지 못할 것이라고 확신했다.

그래서 일부러 판즈우팡과 천팡지엔에게 한정훈을 자극하라고 지시했다.

"후우……."

길게 숨을 내쉬며 한정훈이 강민오를 바라봤다. 그러자 강민오가 기다렸다는 듯이 사인을 냈다.

한정훈은 굳은 얼굴로 고개를 끄덕거렸다.

그리고 포심 패스트볼 그립을 쥔 채로 있는 힘껏 공을 내던졌다.

후아앗!

쏜살같이 날아간 공이 홈 플레이트 오른쪽 끝을 지나 바깥쪽으로 완전히 빠져 버렸다.

장지엔시가 어떻게든 번트를 대보려고 방망이를 밀어내봤지만 소용없었다.

마치 피치아웃을 한 것처럼 공은 강민오의 미트 속으로 빨려 들어가 버렸다.

"세컨!"

강민오는 공을 잡기가 무섭게 곧장 2루로 공을 내던졌다.

"젠장!"

판즈우팡이 이를 악물며 2루로 몸을 날렸다.

그러나 공은 진즉에 유격수 강준호의 글러브 속에 빨려 들어간 뒤였다.

"아웃!"

눈을 부릅뜨고 2루를 노려보던 심판이 아웃을 선언했다. 그와 동시에 한국 대표팀 더그아웃에서 환호성이 터져 나왔다.

—대단합니다! 한정훈, 강민오 배터리! 2루 주자를 잡아냅니다!

—견제가 좋은 한정훈 선수가 2루 주자 판즈우팡 선수를 내버려 둬서 너무 소극적인 게 아닌가 싶었는데 이걸 보여주려고 했나 봅니다.

—그런데 어떻게 판즈우팡 선수를 잡아낼 생각을 했을까요?

—일단 판즈우팡 선수의 리드 폭이 과했죠. 한정훈 선수가 견제를 하지 않는다고 확신하고 거의 절반 가까이 움직였으니까요.

—아, 영상을 다시 보니 그렇습니다. 한정훈 선수 뒤쪽에 판즈우팡 선수의 움직임이 잡히네요.

—이 정도 리드면 장지엔시 선수가 투수 앞에다 번트를 대도 판즈우팡 선수가 3루에서 살 수 있었거든요. 하지만 한정훈 선수가 바깥쪽에 빠지는 패스트볼을 던지면서 상황이 꼬인 겁니다.

—어떻게 말입니까?

—한정훈 선수가 좋은 코스에 좋은 공을 던졌죠. 완전히 빠지지 않으면서 타자의 방망이를 끌어낼 수 있는 공을요. 강민오 선수의 리드도 좋았지만 한정훈 선수의 완벽에 가까운 제구가 아니었다면 아마 판즈우팡 선수를 아웃시키지 못했을 겁니다.

—아하, 그러니까 한정훈 선수가 장지엔시 선수의 방망이

를 끌어낸 게 결정적이라는 말씀이시로군요?

ㅡ그렇습니다. 그리고 장지엔시 선수도 무리해서 번트를 댈 수밖에 없는 상황이었습니다. 바깥쪽 빠른 공을 그냥 내버려 뒀다간 견제로 이어질 텐데 판즈우팡 선수가 너무 노골적으로 리드를 했으니까요.

ㅡ결국 여러 가지 복합적인 요소가 작용한 결과라는 말씀이신데…… 뭔가 어렵네요.

ㅡ하하. 야구는 원래 어려운 겁니다. 하지만 간단하게 말씀드리면, 한정훈 선수가 정말정말 잘 던진 겁니다. 그건 그 누구도 부정할 수 없는 사실입니다.

한국 중계진뿐만 아니라 결승전을 중계하는 모든 나라의 방송사에서 한정훈의 정교한 투구에 칭찬을 아끼지 않았다.

반면 번트를 대지 못한 장지엔시에 대해서는 질타를 쏟아졌다.

ㅡ저건 어떻게든 타자가 처리를 해줬어야 합니다.

ㅡ번트를 성공시키는 게 전부가 아니죠. 한국팀 더그아웃에서 작전이 걸렸다고 생각된다면 몸을 날려서라도 공을 건드렸어야 했습니다.

경기장에 서 있지만 장지엔시는 자신을 향한 비난이 귓가에 아른거리는 기분이었다.

'이렇게 된 거 꼭 치고 나간다!'

장지엔시가 입술을 질근 깨물었다. 하지만 한정훈은 장지엔시를 출루시킬 마음이 없었다.

퍼엉!

한정훈이 힘껏 내던진 공이 장지엔시의 몸 쪽을 향해 날아들었다.

'체인지업!'

장지엔시가 기다렸다는 듯이 방망이를 휘둘렀다.

몸 쪽에 꽉 차게 들어오는 패스트볼이라면 몰라도 체인지업은 얼마든지 공략할 자신이 있었다.

따악!

방망이를 타고 묵직함이 전해졌다.

그러나 장지엔시는 웃지 못했다. 공이 방망이의 중심이 아니라 손잡이 쪽에 부딪힌 것이다.

'변종 체인지업!'

장지엔시가 이를 악물었다.

느린 슬라이더처럼 왼손 타자의 몸 쪽으로 흘러들어 온다는 한정훈의 두 번째 체인지업.

전략 분석표에서만 보았던 그 공이 하필 이 시점에 들어올 줄은 미처 예상하지 못한 얼굴이었다.

"제기랄!"

장지엔시는 방망이를 내팽개치고 1루로 내달렸다.

본래라면 1, 2루 간을 꿰뚫었을 타구가 1루수 정면으로 굴러가고 있었다.

하지만 일찌감치 포구를 한 박병훈은 1루 주자 천팡지엔을 피해 2루수 장근우에게 여유 있게 공을 던졌다.

퍼엉!

장근우는 공을 받자마자 곧바로 1루로 공을 되돌려주었다.

거구답지 않게 민첩한 박병훈이 어느새 1루를 밟은 채로 글러브를 들어 올리고 있었다.

"크아아악!"

장지엔시가 악을 내지르며 1루를 향해 슬라이딩을 했지만 장근우의 송구를 막지는 못했다.

퍼엉!

간발의 차이로 박병훈의 글러브가 먼저 꿈틀거렸다.

"아웃!"

심판이 단호하게 주먹을 들어 올렸다.

─허, 허허허.

─그저 웃음밖에 나지 않네요.

해설진들은 순간 할 말을 잃었다.

무사 1, 2루의 위기를 지워 버리기까지 한정훈이 던진 공은 단 2개에 불과했다.

반면 한국팀 더그아웃의 반응은 뜨거웠다.

"정훈아아아아!"

"이 자식! 이 예쁜 자식! 사랑스러운 자식!"

"이리 와! 형이 격하게 안아줄게~"

벼랑 끝에 선 심정이었던 선수들이 한정훈을 격렬하게 반겼다.

특히나 군 미필 선수들은 만세를 부르기까지 했다.

"에이, 제가 한 게 뭐가 있다고요."

한정훈이 멋쩍게 웃었다.

솔직히 말해 자신이 한 일이라고는 강민오의 사인대로 공 2개 던진 것밖에 없었다.

이번 이닝을 잘 마무리 지은 건 자신보다 강민오와 박병훈, 장근우의 좋은 수비 때문이었다.

하지만 한정훈이 마운드에서 든든하게 버텨주지 않았다면 세 사람이 활약할 기회조차 없었을 것이다.

"자, 자! 정훈이가 이만큼 했는데 이제 한 점 내야지. 안 그래?"

좋은 수비를 통해 번트 실수를 만회한 주장 장근우가 선수들을 독려했다.

그러자 선수들이 한목소리로 화답했다.

"가자, 가자!"

"이번 이닝에서 끝내자!"

한국 대표팀의 분위기는 당장에라도 금메달을 쟁취해 올 것처럼 뜨겁게 달아올랐다.

그러나 애석하게도 타순이 좋지가 않았다.

김연수 타석에서 이닝이 종료되면서 박병훈과 강준호가 각각 2루와 1루로 향했다.

그리고 6번 타자 나성검부터 타석이 시작됐다.

김인선 감독은 앞서 실패한 번트 작전 대시 강공을 지시했다.

거구의 박병훈에게 완벽한 주루 플레이를 기대하기란 어려운 상황이었다. 괜히 번트를 댔다가 선행 주자가 잡히느니 차라리 힘으로 밀어붙이는 편이 낫다고 판단한 것이다.

나성검은 그런 김인선 감독의 기대에 제대로 부응했다.

따악!

스트라이크를 잡으러 들어오는 왕젠민의 초구를 받아쳐 우익수 앞에 떨어뜨린 것이다.

"뛰어!"

타구를 확인한 3루 코치가 계속해서 팔을 돌렸다.

우익수 가오즈엔이 공을 잡은 순간 박병훈은 3루에 거의 도착한 상태였다.

가오즈엔의 송구가 조금만 빗나가도 박병훈이 여유롭게 홈 플레이트를 밟을 수 있을 것 같았다.

하지만 대만 리그 최고의 강견으로 꼽히는 가오즈엔이 내던진 공은 노바운드로 포수 장진다오의 미트 속에 빨려 들어가 버렸다.

"아웃!"

미처 슬라이딩할 타이밍을 잡지 못하고 박병훈이 홈에서 태그아웃을 당했다.

1사 1, 3루 득점권 상황이 이어지긴 했지만 이를 악문 왕젠민의 혼신의 투구 앞에 황재윤과 강인호가 삼진과 내야플라이로 물러나고 말았다.

─아아, 이번 이닝도 득점 없이 끝이 납니다.

─그래도 한정훈 선수가 있으니까요. 다시 한 번 희망을 가져봅니다.

국민들의 염원을 대신해 중계진이 한정훈의 호투를 기원했다.

그 이야기를 듣기라도 한 듯 한정훈은 선두 타자 린이취안을 내야 플라이로 유도한 뒤 주리엔과 장진다오를 연속 삼진으로 돌려세우며 이닝을 끝마쳤다.

"하아……."

기대했던 11회 말도 허무하게 끝이 나자 대만의 루민츠 감독이 무겁게 한숨을 내쉬었다.

지난 5이닝 동안 왕젠민은 60개의 공을 던졌다.

자신이 예상했던 투구 수보다 10개가 늘어난 숫자였다.

게다가 구위도 7회만 못했다.

9번부터 시작되는 타순상 한국의 중심타자들과 상대해야 하는데 지금의 구위로는 이겨내지 못할 가능성이 높았다.

그러나 왕젠민은 이대로 마운드에서 내려갈 생각이 없었다.

"한 이닝, 아니, 한 타자 정도는 더 상대할 수 있습니다."

왕젠민이 간절한 목소리로 말했다.

한국의 중심 타자들을 상대해야 하는 이번 이닝을 나이 어린 후배들에게 떠넘기고 싶지 않았다.

"좋네. 대신 딱 한 타자만이야."

루민츠 감독이 마지못해 고개를 끄덕거렸다.

여전히 불안하긴 했지만 절망을 딛고 일어선 왕젠민이라면 대만 대표팀에게도 기적을 만들어줄지도 모른다는 희망을 가졌다.

왕젠민은 호언장담한 것처럼 선두 타자 장근우를 땅볼로 유도했다.

1-1 상황에서 장근우가 왕젠민의 싱커를 힘껏 잡아당겼지만 하필 3루수 정면으로 향한 것이다.

만약 3루수가 제대로만 포구를 했다면 더블플레이가 나왔을 가능성이 컸다.

하지만 3루수 린스성이 공을 한 번 더듬는 사이 1루 주자 이영규가 2루에 살아 들어가면서 상황이 꼬였다.

"흐음……."

잠시 고심하던 루민츠 감독은 왕젠민을 그대로 밀어붙였다.

1사 2, 3루 상황에서 3번 타자 김연수가 타석에 들어서고 있었다.

현재로서는 왕젠민을 제외하고 오리올스에서 맹활약 중인 김연수를 상대할 만한 투수가 없었다.

하지만 왕젠민도 다시 만난 김연수가 부담스럽기는 마찬 가지였다.

김연수는 메이저리그에서도 3할에 가까운 타율을 선보이고 있었다.

앞선 두 타석에서 범타로 잡아냈다고 해서 이번 타석까지 그럴 수 있다는 보장은 없었다.

'절대 맞아서는 안 돼.'

왕젠민은 신중하게 피칭을 이어갔다.

김연수가 칠 만한 공을 던져 줘 파울을 만든 뒤 3구 연속 유인구를 던져 김연수의 방망이를 끌어내려 애썼다.

그러나 김연수도 더는 속지 않았다.

침착하게 모든 유인구를 지켜본 뒤에 바깥쪽 아슬아슬한 공까지 확인한 뒤 천천히 1루로 걸어 나갔다.

1사 만루.

타석에 4번 타자 박병훈이 들어왔다.

"류엔칭!"

결국 루민츠 감독이 투수 교체를 지시했다.

왕젠민을 대신해 팀에서 마무리투수로 활약한 류엔칭을 마운드에 올렸다.

펑!

퍼엉!

류엔칭은 155㎞/h에 달하는 빠른 패스트볼로 투 스트라이크를 선점했다.

그리고 3구째 성급하게 몸 쪽 승부를 가져가다가 박병훈에게 큼지막한 타구를 허용했다.

우익수 희생플라이.

3루 주자 박병훈이 여유롭게 홈을 밟았다.

이에 질세라 뒤이어 타석에 들어선 강준호도 힘껏 방망이를 휘둘러 대형 타구를 만들어냈다.

하지만 타구는 펜스에 달라붙어 이를 악물고 뛰어 오른 중견수의 글러브 끝에 걸리고 말았다.

─넘어가느냐! 넘어가느냐! 아아……. 중견수가 잡아냅니다.

─그래도 잘했습니다. 이렇게 한 점 따냈으니 이제 마지막 이닝만 잘 막아내면 금메달입니다!

2 대 1.

한 점 차 리드 속에 대만의 12회 말 승부치기 공격이 시작 됐다.

11회에 이어 한정훈이 마운드에 올랐다.

아직 한정훈의 공이 좋은 만큼 한 번 더 맡겨보자는 김인 선 감독의 의견에 코치들도 군말 없이 고개를 끄덕인 결과 였다.

"후우……."

마운드에 선 한정훈이 길게 숨을 골랐다.

이번 이닝만 막아내면 금메달이라고 생각하니 다시금 심 장이 두근거렸다.

"침착하자. 침착해."

한정훈은 애써 마음을 다잡았다. 그리고 천천히 정면을 바 라봤다.

타석에는 1번 타자 천팡지엔이 매서운 눈으로 자신을 노 려보고 있었다.

'몸 쪽이 약했지?'

강민오는 몸의 중심을 살짝 천팡지엔 쪽으로 옮겼다.

9회 초 첫 번째 대결에서 천팡지엔을 삼진으로 잡아냈던 것처럼 몸 쪽 승부를 끌고 갈 생각이었다.

강민오의 사인을 확인한 한정훈도 가볍게 고개를 끄덕였다.

그리고 몸 쪽에 바짝 붙인다는 생각으로 투심 패스트볼을 내던졌다.

후아앗!

천팡지엔의 옆구리를 맞출 것처럼 날아들던 투심 패스트볼이 궤적을 바꾸어 홈 플레이트 쪽으로 파고들었다.

그러자 천팡지엔이 기다렸다는 듯이 방망이를 휘돌렸다.

따아악!

묵직한 소리와 함께 타구가 쭉쭉 뻗어 나갔다.

어찌나 힘 있게 날아가던지 우익수 박병훈이 타구를 쫓는 걸 포기할 정도였다.

"파울!"

천만다행이도 타구는 파울 라인 밖으로 벗어났다.

하지만 한정훈과 강민오는 마냥 웃을 수가 없었다.

'이 멍청한 놈!'

강민오는 제 헬멧을 때리며 스스로를 자책했다.

풀타임은 아니지만 천팡지엔도 현역 메이저리거였다.

눈앞에 아른거리는 금메달에 취해 안이하게 승부를 건 것 자체가 실책이었다.

'하아, 한심하다 진짜.'

한정훈도 어금니를 꽉 깨물었다.

다 함께 고생해 여기까지 왔는데 잠깐의 방심으로 모든 걸 내줄 뻔했다고 생각하니 스스로에게 화가 치밀었다.

호흡을 가다듬은 천팡지엔이 홈 플레이트 쪽으로 또다시

바짝 다가섰다.

초구에 큼지막한 파울 홈런을 날린 만큼 한정훈이 쉽게 몸쪽 승부를 걸지 못할 것이라고 생각했다. 그러나 강민오는 기다렸다는 듯이 몸 쪽 패스트볼 사인을 냈다.

그리고 한정훈은 강민오의 미트를 향해 정확하게 포심 패스트볼을 꽂아 넣었다.

퍼어엉!

요란한 포구 소리와 함께 전광판에 경이로운 숫자가 찍혔다.

−161㎞/h!

−한정훈 선수, 이번 대회 최고 구속을 경신합니다!

잠시 긴장감이 감돌았던 중계석이 들썩거렸다.

TV를 통해 중계를 지켜보던 국민들도 하나같이 주먹을 움켜쥐었다.

'젠장. 또 몸 쪽 공을 던지지는 않겠지.'

2구를 꼼짝 없이 지켜봤던 천팡지엔이 또다시 홈 플레이트 쪽에 붙어 섰다. 하지만 강민오는 한정훈만큼이나 고집스러운 구석이 있었다.

'몸 쪽!'

강민오가 다시 한 번 몸 쪽으로 미트를 가져다 붙였다.

한정훈도 망설이지 않고 있는 힘껏 공을 내던졌다.

후아앗!

순식간에 홈 플레이트를 지나친 공이 포수의 미트 속에 파묻혔다.

천팡지엔이 이를 악물고 방망이를 휘둘러 봤지만 소용없었다.

작심하고 노려도 칠까 말까 한 공을 뒤늦게 쫓았으니 방망이에 맞출 수가 없었다.

"스트라이크, 아웃!"

구심이 단호하게 주먹을 쳐들었다. 그와 동시에 한국 측 더그아웃에서 함성이 터져 나왔다.

이제 우승까지 남은 아웃 카운트는 2개.

여전히 주자가 1, 2루를 채우고 있었지만 그것을 신경 쓰는 선수는 아무도 없었다.

천팡지엔에 이어 타석에 들어선 장지엔시는 반쯤 기가 질린 얼굴이었다.

첫 타석에 삼진을 먹고 두 번째 타석에 병살을 쳤으니 부담을 갖는 것도 무리는 아니었다. 그러나 한정훈과 강민오는 천팡지엔을 상대할 때의 실수를 되풀이하지 않았다.

퍼엉!

초구에 바깥쪽 꽉 찬 스트라이크를 집어넣은 뒤 2구째 몸쪽으로 떨어지는 체인지업을 던졌다.

첫 타석 때 변종 체인지업에 당했던 천팡지엔은 팔꿈치를 몸에 바짝 붙여 방망이를 휘둘렀다.

하지만 옆으로 휠 것이라 예상했던 체인지업은 그대로 아랫방향으로 떨어져 방망이의 끝부분에 걸렸다.

그리고 타구는 정확하게 3루수 황재윤 앞으로 굴러갔다.

퍼어엉!

3루 베이스를 밟고 내던진 황재윤의 송구가 정확하게 박병훈의 미트 속으로 빨려 들어갔다.

그 순간 더그아웃 앞쪽에 몰려나왔던 대표팀 선수들이 동시에 그라운드로 달려 나왔다.

－금메달! 금메다아아아알!

－한국, 우승입니다!

현지 중계진도 목이 쉬어라 기쁨의 함성을 내질렀다.

최종 스코어 2 대 1.

대한민국이 자카르타 아시안 게임 야구 종목에서 금메달을 차지하는 순간이었다.

to be continued